中国文学名家小小说精选丛书

守候一株鸢尾

徐建英　著

江西高校出版社
JIANGXI UNIVERSITIES AND COLLEGES PRESS

南　昌

图书在版编目（CIP）数据

守候一株鸢尾 / 徐建英著 . -- 南昌 : 江西高校出
版社 , 2025.6. -- (中国文学名家小小说精选丛书).
ISBN 978-7-5762-5770-0

Ⅰ . I247.82

中国国家版本馆 CIP 数据核字第 2025QM8616 号

责 任 编 辑	金 棣	
装 帧 设 计	夏梓郡	

出 版 发 行	江西高校出版社	
社　　　　址	江西省南昌市新建区工业二路 508 号	
邮 政 编 码	330100	
总 编 室 电 话	0791-88504319	
销 售 电 话	0791-88505090	
网　　　　址	www.juacp.com	
印　　　　刷	鸿鹄（唐山）印务有限公司	
经　　　　销	全国新华书店	
开　　　　本	650 mm×920 mm　1/16	
印　　　　张	13	
字　　　　数	160 千字	
版　　　　次	2025 年 6 月第 1 版	
印　　　　次	2025 年 6 月第 1 次印刷	
书　　　　号	ISBN 978-7-5762-5770-0	
定　　　　价	58.00 元	

赣版权登字 -07-2025-205

CONTENTS
目 录

守候一株鸢尾

◀ 大地的声音

　　马南五岁,如风一样奔跑在结着盐壳的土地上,任张开钰在后面撵着他喊,马南,马南你慢点儿跑啊!地硬,别摔着了,痛。

　　马南呢,不应,也不理,把一路无拘无束的笑丢进夹着咸燥味儿的风沙中。

　　出生不久,张开钰就发现马南听力上有障碍,顺上风,什么都能听得到,可有时明明就在他的旁边说话,他却啥也听不清。张开钰是基地上的气象探测员,与马南的爸爸马川婚后没多久就来到了罗布泊。生下马南后,夫妻俩在这片戈壁滩上一待就是六年。六年来,张开钰仅有的两次外出,都是为马南寻医。各种检查都做过,但医院并不能准确地说出个所以然来,各种药也吃过,可声音还是只能若隐若现地钻进马南的耳朵里。

　　可能是跑累了,马南又一阵风似的跑回自家,一屁股坐在地窝子前的路上。远处响起了高昂的打夯歌,他侧着耳朵听了一会儿,伴着调儿哼起来:"喝咸水么么,嗬嗨!早穿袄儿午穿纱那么,嗬嗨！蚊咬屁股沙打脸那么，嗦罗罗罗嘿……"

跟在后面气喘吁吁的张开钰笑骂道，猫耳朵哩，跟着你旁边炮打雷样地喊，你却听不到，但隔了这么远的夯歌，你倒是学得有模有样的。

看着喘着粗气的张开钰，马南停了声，转头问妈妈，什么是象耳朵？

马南的听觉又跑偏了。

你这孩子……张开钰叹了口气，温柔地抹了抹马南脸颊流下来的汗，贴在他的耳边说：象耳朵指的是大象的耳朵，很大很大，整天耷拉着的。

妈妈，什么是大象呢？

大象啊，是一种生活在热带丛林中的动物，很高很大，还可以骑的哦。张开钰再次贴近马南的耳边说。听清了的马南歪着头问，大象的耳朵有多大呢？

张开钰比画起扇子的形状，马南摇摇头。张开钰比画起翅膀的样子，马南还是摇头。摇头过后，他拉起张开钰的手跑进自家的地窝子里，手指着墙上挂的那张耳廓形的罗布泊地图问张开钰：是不是跟这只耳朵一样呢？是地图上的这只耳朵大，还是大象耳朵大呢？

跟它相比，象的耳朵可小多了。张开钰再次努力地在马南的面前比画大象耳朵的样子，马南圆睁双眼，一脸的迷茫。

夏季也有寒风，马南如风一样钻进了戈壁滩，他想去找大象。当张开钰从监测站返回时，发现那个小小的身影已笼罩在一片黑黄色的沙尘暴中了，她连滚带爬扑了进去。

风沙终于吹累了，地上的尘土也累了，颤着身子趴在地上的母子俩也成了一对土人儿。

妈妈，我们为什么要住在这个喜欢刮大风的地方呢？马南边抹着脸上的灰土，哭着问张开钰。

因为爸爸在这里啊！张开钰指指远处的基地。

那爸爸为什么不去有大象的地方呢？

因为这里更需要爸爸，爸爸和同事们在这里工作，可以让我们的祖国变得更加强大！张开钰边说边比画。

马南似懂非懂地点点头。

回到家，几声"哼哼"的猪叫传来。张开钰略一沉思，抱着马南，指着猪说，看，我们这里有"小象"呢！马南说，妈妈，小象能骑吗？我想骑小象。

张开钰看着马南被风沙刮得通红的小脸，摸着他脸颊上一层层被风沙吹得皲裂的皱口，钻进地窝子，给猪打来半桶食。待猪吃饱后，把马南带进猪圈，小心翼翼地把他放在猪背上。猪"嗷嗷"地叫着，驮着马南绕着猪圈跑，张开钰扶着马南半跑着绕猪圈打转。一时间，大人小孩开心的笑声，夹杂着一股浓浓的猪屎味儿飘了起来。

当金色的秋天来临时，基地更忙了。

马南一连十几天都没见到爸爸的影子了，他一个人在屋里时，就画墙壁地图里的大耳朵，或趴在隔壁猪圈旁与"小象"嗷嗷对话，或坐在地窝子前等张开钰从监测站下班返回。

到了深秋，罗布泊的天空被一声撕裂般的巨响划破，一朵巨大的乌金色的云腾空而起，广袤的戈壁滩霎时笼罩在这片金光之中。几十公里外的地窝子前，张开钰激动地摇着马南小小的身躯，说：马南，你爸爸他们成功啦，你听到了吗？"砰"的一声，真是太美妙了！

妈妈，我也听到了……马南点点头。张开钰抱着马南，任凭泪水流了满面。

◀ 孤　岛
....

那湖心岛最初是座荒山。原是幕阜山北支的一座断块山，山上都是不知名的杂木和茅刺。多年无主。海拔不过百余米，三面环田。

田地分户那年，队里抓阄，挨着荒山的一溜水田和坡地全落入了老区他爹手中。老区他爹看着手里攒着的一把碎纸片，苦了脸。

山遮田阳露，是个庄稼把式都懂。

队长也是个逗人，看着老区他爹脸上苦出了水，体贴地大手一挥："买肉还兴搭猪头哩，这座'柴火库'算作队里送你的，大伙儿要是没意见，事就这么定了。"

一伙人嘻哈大笑。事就定了。

70 年代兴水利，湖村十里灌水不响的稻田，筑堤成坝后建成了潘河水库。库下的村落外迁，断块山成了孤岛——四周是水，方圆十几里的水路，荒山突兀在湖心。随着库区发展，柴火和煤球做饭逐渐隐退，燃气普及，那岛，就彻底成了无人问津的孤岛。

包括最初的六生。

六生他爹做了几十年的生产队长，一向与人为善。潘河水库建成后，老队长退休闲来无事，时常带着儿子六生对水库进行无偿维护，捞浮，清理泄洪闸口。有人笑他们管闲事。老队长没说话呢，六生学着他爹大手一挥："嗨，潘河水库供应着咱这一港一路近百里人家的水田浇灌，这闲事咱管得不算宽。"

水管处的当家人听到，感动了，提议说六生也老大不小了，也该有个正当的活干，把水库管理承包去，放些鱼苗，清水鱼在城里一向畅销。

六生从此有了正经工作。一早一晚，他带着耙叉，划着木船在潘河里转悠。他也严格地遵守了水管处的规定，不往潘河水库里下任何鱼饲料。

是鱼连续被盗，让六生有了在孤岛上搭木棚值夜的想法。老队长说："那处虽是荒山，却是我当年经手分给老区他爹的，他爹不在了，你得去跟老区提一嘴，他同意了，你才可以搭。"

六生听后，便提了礼品去找老区。

老区听了六生的来意，笑得腰都直不起来，他说："不就无本无据的一破岛嘛，赶明儿给兄弟整几条鱼就成。"

孤岛中心的地被整平了。三间木屋，一间住人，一间做饭，一间做了渔具库。木头橛子是六生十几里水路用木船一根根运过来的。六生住了段时间后，不放心老队长一个人在库下，又盖了两间，把老队长接了来。

六生去水面工作后，老队长闲不住，就把孤岛上那些杂木、茅刺砍了，根蔸掏了，坑坑洼洼的土坡平成一丘丘的洼地，种了些小菜。

岛上风大，湖风挟着库水，整日一浪一浪地冲刷着小岛，岛上多处出现滑坡。

六生又提上礼品去找老区，把孤岛出现多处滑坡的事跟老区讲了。老区刚接了一批订单，正准备往北方送货。听完来意，老区耸耸肩说："兄弟，就那破岛，你想咋搞，就咋搞吧，不需跟我说了。"

"我爹想在小岛的外圈栽上竹子护岛。"

"我叔要是不嫌麻烦，随他折腾。六哥，就这样。我忙去了。"

六生去自己的自留山挖了大量竹根，又一船一船运到孤岛，父子俩沿着孤岛外围栽了一圈又一圈。为了方便鱼贩们落脚，还特意多建了几排房子，亭台楼阁，都是仿古风格的独立小院，材料全是六生一船一船载过来的，虽然耗费了精力和财力，但闲暇时坐在这竹林环绕的湖心岛上，特别是雨后云雾缭绕时，老六感觉自己身在仙境。

打破这一切的，是城里来的一位摄影记者，他在湖心岛住了几天回城后，在市报整整一个版面宣传了六生父子，以及这一座由荒山变成的神仙岛屿。自那之后来往孤岛的人多了，有些远来的人还特意带上家人，租住那些独立小院。

老区拿着报纸怒气冲冲找上孤岛的时候，我刚上高中，听说老区和六生的拉锯战持续了很多年，老队长后来郁结离世。

我在外地上大学的时候，听家里人说，湖心岛又成了荒岛。

我大学毕业后通过公务员考试，返回湖村做了大学生村官。那么美丽的湖心岛啊，我觉得应该用最好的方式呈现在世人眼前。

◀ 推　拿
··················

诈骗案发生之后，市公安局经侦大队长老肖的颈椎病正犯着。

开始是颈椎僵硬，接着头昏脑胀、手指麻木，抽空做了几回理疗，效果甚微。有人推荐城南有家推拿店，祖传的手艺。

老肖打算等手头的案子结了就去看看。

老肖手头办的是一起合同诈骗案。当事人叫大姜，本市人。大姜在一次酒局上经朋友介绍认识了一位工程老板，来往几次以后，这位工程老板又介绍他认识了某项目的盛老板。

知道大姜有意改行，盛老板拿出他刚刚中标的旧城改造合同，问大姜愿不愿意加入。大姜看了合同上那一排排盖着中建某某局的大红公章，把积攒多年的八十万现金投了进去，在等待半年多仍无开工消息后，盛老板消失了。大姜报案。

老肖看着眼前的大姜，大高个儿、国字脸，搁在桌面上的右手手指关节处一圈老茧，手肘处有烫伤，身上隐隐散发着一股淡淡的中药味。看到老肖在盯着自己的手，大姜拢了拢手指头解释：

"家里有个小药铺，得经常熬点儿药膏。"

"自己有药铺不好好开，学人家做什么工程？做什么都得下真功夫的，这样的事再有下次，你家几代人的老底儿都能败光！"老肖熄了手上的烟头，有些恼火地看着大姜说。

大姜低下头，不安地摩挲着自己满是老茧的指关节。

接下来是一系列的忙碌，取证、挂网、抓捕、退赃，老肖的颈椎病发作得厉害时，就在脖子上贴颈椎贴，开始是后颈椎贴一个，到后来贴两个，再后来一边肩膀加一个。一次大姜来问诊，看到老肖肩上密密麻麻的颈椎贴，犹豫半天后说："城南有一家专做颈椎推拿的店，找大师傅推……有不少徒弟的。"

"听说过，有空去。"老肖冷冷地扔了句话，忙去了。

合同诈骗案进展得很不顺利，老肖烦着呢，看见大姜就有一股无名火。用他徒弟阿陈的话说，师父是被气得颈椎病加重了。老肖的确是被大姜气着了。在自己不懂的行业上，合同都不查明真假，就把大几十万的真金白银扔过去。老肖恨不得把这样的大姜们按在墙角踢一顿，踢醒后或许就没那么傻了，这世上就没有那么多的诈骗案了。

老肖的烦恼还来自盛老板的家人。盛老板被挂网通缉后，他的家人托了多个门路找老肖，目的很明确，求老肖放一马。中秋节的时候，亲戚送来的月饼盒里有十五万现金。

老肖将钱上交单位归入了赃款，把亲戚大骂一通后说："他有这精力折腾，不如尽快退赃，争取得到当事人的谅解，也能判轻些。"

老肖也收到了大姜的人情，两万元现金包在一盒高档茶叶里。因为颈椎病发作，老肖的心情特别糟糕，他把茶叶连现金一起扔还给大姜："送茶、送茶，你想让我被'送查'吗？凡事用点儿脑子好不好？"

　　"师父，您对大姜也太凶了。"徒弟阿陈在一旁笑。

　　"沉疴下重药。不好好教育，他以后还会犯傻。"老肖灭了手里的烟。最近颈椎病发作频繁，加上这几日对盛老板的蹲守抓捕，烟瘾大了不少。

　　因为老肖的坚持，案情有了转机，盛老板归案，赃款追回，案子移交到了检察院。

　　大姜特意去经侦科找老肖，说："肖队，您别不信我，城南的推拿店，只需要两次，包您的颈椎病全好。"

　　这次老肖笑了，他觉得这样感谢就很好。

　　休息日，老肖真去了城南。推拿店的门脸不大，古色古香，看上去有些年头了。进门是大厅，一整排的按摩床上都是人，按摩师全是男的。看到老肖进来，店堂瞬间安静了，也不知谁咳了一声，店里又恢复了忙碌。

　　老肖说："我找你们的大师傅推颈椎。"

　　前台小师傅上前，把老肖迎进了小包间。除衣，换衫，老肖忍着疼，在小师傅的指导下昏昏沉沉地趴在按摩床上。一双满是老茧的手搭在老肖的肩胛区，手动了，一股剧烈的麻痛感从肩胛处直冲脑心，随之蔓延至手臂、手指尖。老肖本能地弹坐起来。推拿师　笑，口罩上的那双眼睛让老肖有很强的熟悉感。

"沉疴下重药，您的肩有没有觉得轻松一些？"

老肖一怔，重新躺了下来。

那双满是老茧的手再次搭在老肖的肩胛区，推、滚、拿、揉、弹，那双手游走在老肖的头部、颈椎、手臂以及手指处。老肖身上的百会、风池、大椎、肩井、秉风、后溪等穴位在那双手的游走下时麻、时痛、时酸、时舒。半小时后，那双手停了。一阵熟悉的中药味传来，温热的药包敷在颈椎处，老肖昏沉的麻痛感消失，僵硬的颈椎松了下来。

老肖穿好衣服，推拿师已经摘下了口罩候在门边："肖队，推拿，是我的真功夫哟。"

老肖大笑，向大姜竖起了大拇指。

◀ 过　站
....

　　我做砖生意。说直白一点，就是推销砖。把砖厂里的红砖、加气砖、水泥砖等推向大大小小的建筑工场，赚取差价。

　　我有笔订单被截了。司机连夜来电，说货发广州，马老板那边拒收。一想到十几个挂车连砖带车滞停在外，介绍人韩总的电话无法接通，我立即踏上开往广州的高铁。

　　还是怪我。作为金牌业务员，我犯下了原则性错误。马老板是韩总介绍的，韩总与我有着多年的生意往来，他信誉好，为人仗义。当他为马总代下单时，我连定金都没收，直接向砖厂下了十几个挂车的料单。没想到的是，另一拨业务员以一分钱的差价，成功拦截了我的订单。

　　车到益阳站，上来一位大姐，板着脸坐在我旁边，像谁欠她钱没还一样，只差脸上明晃晃写着我不好惹这几个字。我也没打算搭理她。一想到挂车滞停，心烦的呢。

　　偏偏这大姐不识趣。屁股才挨座位，就打开了她的手机刷抖音，刷就刷吧，音量却很大。

我几次用眼神发出不满的暗示，她视若无睹。

好在乘务员来了。她走近女人，轻声说："这位乘客，麻烦您把手机音量调小些，会打扰其他乘客。"

那女人"哦"了一声，把音量调低了。

这期间，她的手机不时有微信信息跳进来。我不满的眼神扫向她时，每次都能见到有信息跳出来。她点开看过之后，偶尔会回几句，都是钱的话题，回完信息她的脸色极差。

每看完微信，她会把抖音的音量加大一些。就这样边看微信，边调音量，调着调着，声音又大了。

恼火是在车过韶关站时爆发的。

乘务员再来的时候，语气有了情绪，女人听后站起来，声音带了哭腔："你怎么这样说我呢？你们怎么都要逼我啊？"然后在乘务员诧异的目光中号啕大哭。

我与乘务员面面相觑。这样的结果，并不是我投诉时所预料的，心里就有了一丝内疚。

乘务员试图上前安抚，在我的手势示意下她又退了回去。自己惹的祸自己扛，这是我一贯的原则。

我从包里掏出纸巾，想往女人那儿递。一想到女人不好惹的表情，犹豫着又把手缩了回去。可看到女人伤心地一直耸肩哭，我还是抽出一片纸巾，放在女人侧伏在活动台的脸前。

纸巾被用了。女人的哭声渐小，抽泣并没有停。我的纸巾一片一片地递，在女人的哭声、车子的广播声中边递着纸巾，边想着乱糟糟的心事，直到乘务员再次到来。

"你们怎么都没下车？这里已经是终点站深圳北了。"

我与女人同时一惊。女人红肿着眼睛，连说了几声"糟了，糟了，过站了"。

我更是心急如焚。在女人哭泣的过程中，我的手机一直有电话进来，司机的催促，砖厂的埋怨。这期间我又尝试着给韩总拨了电话，还是无法接通，发的信息也无回复。

乘务员发话解围，她说："这列车一个小时后调头往广州南，要不你们再等等，一会儿坐这趟车返。"

"来不及。"

"不了。"

我与女人同时说。

我谢过乘务员的好意，补充了一句："广州南往我要去的新塘还得一个多小时，我时间上来不及。"

"你也去新塘？"女人问。

"对。"

"一起打车吧。我去新塘发达岭。"下了高铁后的女人昂首挺胸走在前头，神态与车上判若两人。

上了出租车，女人没有再动她的手机，她有一搭没一搭地找我聊天，听我有一句没一句地诉说着苦恼。她听得极其认真，甚至摘下了那副为遮红肿眼睛的墨镜，侧转头认真看我说话。

一个多小时的车程到达新塘后，我与女人 AA 付了车费。我按韩总下单时提供的地址去找马老板。

十几辆大挂车拉着加气砖停在一家大型工场的外路沿儿。我抄了窄道走入侧门，值班室没人。在一间办公室，传来咆哮的女声，有些耳熟。

　　"在车上我还不敢确定真假，原来真是这样。资金吃紧就可以为了一分钱毁约？你的脑袋是挂在驴脖子上了吗？"

　　"马总，您对我们有恩。现在公司遇上了麻烦，我们就想……"

　　屋子里女人的声音缓了："再难的事，总会有法子过去。人家连定金都没收，仅凭这份信任，就不能有辜负两个字。再说，公司的事，并不是这一分钱差价能解决的。小武一会儿就到，你赶紧安排人去外头接货。"女人叮嘱完下属，一转身看到站在门外的我。她又一次摘下墨镜，顶着红肿的眼睛看向我："小武，是姐对不起你，货我已经安排了人接，你的钱，我，我也会想法儿安排上。"

　　我紧绷了十几个小时的心终于落地，对着马姐咧嘴笑："都说了是我姐，价格上，我低一分，货款嘛，等马姐的资金松动些再给我。"

　　马姐听后一怔，很用力握着我的手。

　　"对不起，回国的飞机晚点。一开机看到小武的信息，就开车赶了来。老马，你的资金短缺我来想法儿。"我的熟人韩总，此时匆匆进屋。

　　马姐本来红肿的眼睛又一次红了。随后，她放声大笑。自益阳站上车之后，我第一次见她笑。一脸的舒畅。

◀ 孟劢的远方

　　篾箩担就在离菜窖不足五十米的外墙角边，周围被一丛杂乱的柴草紧紧掩着，放在往日，孟劢只需紧走几步，便可触得到的。

　　这是一挑祖传的"百宝箱"，经过了爷爷与父亲的肩膀反复磨蹭，移交到孟劢肩膀时，货担上的青皮箩已经变成了漆暗的紫黑色。货担里装的东西，也由一些针头线脑、头绳发夹雪花膏之类的小玩意儿，添上了笔墨纸张、孩童的玩具小衣。到走出村庄，孟劢两头的篾箩担里，又多了几挂山民们换下的山货。就在这样年复一年的光阴中，孟劢与祖辈们一样，靠摇着半面拨浪鼓，挑着货郎担子，走村串巷，摇摆一路咚咚咚的声音撑着一家十几口人的生计。

　　外面的枪声弱了，嘈乱的脚步稀松下来。孟劢试着从废弃的菜窖往外爬，才挪动已经蜷缩得发麻的身子，外面又是一串骤急的枪响，夹着一阵叽里呱啦的乱叫，孟劢赶紧缩回菜窖。再看外墙角，那堆经北风刮打，被枪弹乱扫的柴草已散作一团，篾箩担裸露在柴草外，开始西沉的晚阳肆无忌惮地在篾箩担顶面的小货柜上，孟勐的眼睛，就多了一重忧伤。

北风静了，嘈乱的脚步逐渐远去。孟勐再次从废弃的菜窖往外爬，刚想站起来，就被绊倒了，臂膀被狠狠地扯了一把。在他扑倒的瞬间，听到一声微弱的痛苦呻吟从身边传来，接着是一阵凉飕飕的劲风掠过耳畔，身后传来一声炸裂的巨响。

孟勐捂着发炸的耳朵，摇了摇蒙成一片的脑袋，冷汗珠线一般从后背、从脸颊滑落，刚想站起身，那个微弱的声音从身旁灰色的炭人身上传来："莫，莫勐！还……还有冷弹。"

孟勐喘着粗气赶忙匍匐在地上，任额上的冷汗从沟壑处、从褶皱缝里淌滴一地。

四周终于静了，一片呛人的黑色烟雾弥漫着血腥味。小河源村似披了块破黑布，被炮弹残忍蹂躏之后，只剩下满地砖瓦檐梁的残骸。

地上的人动了，他挣扎着爬起来，刚站起，又跌跌撞撞地摔倒，随着身上的灰土扑簌簌掉落，露出了那人身上的土黄色军装——那是日军的军装。

"你，你……小日本鬼子？"孟勐紧握着拳头弹身跳起，俯身飞快捡起一块石头，怒目盯向地上的人，脸上青筋凸起的同时，狠狠扔出手里的石头。

石头落处，那人额上有血渗出来。

孟勐眼睛怒视着那人，血顺着他的脸颊在肆意流淌。然而，那人的眼里却没有丝毫的敌意。他的胸口，一大片通红的血在汩汩地往外冒，滴在他紧捂胸口的左手上。他的右手，枪紧紧握着，却一直没有动，他始终只是笑，样子像极了捡到宝贝的孩童。

看到枪，孟勐下意识地后退，再退，俯身飞快抓起了脚下的一根木棍。

那人在动。左手颤抖着解开日军军装的衣扣，里面露出的粗麻布衣，让孟勐一怔——这是鄂东南乡下人自制的土麻布。他往前走了几步。那人开口了，含着笑，一口浓重的鄂音："这血……有他们的呢……我，认识你，孟……"孟勐蒙了。怎么会这样？他不是穿着鬼子的衣服？又怎么会……孟勐喘着粗气，汗水打湿了全身。

好一会儿，孟勐扔下手里紧捏的木棍，想扶起那人。那人摇摇头，用还淌着血的左手从怀中掏出一样东西，声音越来越微弱："桥，桥汇铺……带来的……给游击队，电报……"

孟勐接过来，捧在手里，不禁端详起来。那是一方带血的布包，裹得方方正正的，还带着那人的体温，那样热，那样烫。在孟勐的手中，那布包竟有千斤重。孟勐知道，对于我们的队伍，那布包，就像一个几世单传的婴孩。那人的手缓缓抬起，落下，又抬起。

孟勐的眼睛湿润了，托起那人的肩膀，他依然在笑，脸色却越来越苍白。

顺着那只左手直指的方向，孟勐的眼睛立即蒙上了一层细雾——小源河东岸，一片长着密林的荒山，那是游击队的落脚地。他想起孤身炸掉敌人哨所、深夜为老百姓送粮的游击队，看着地上刚刚救回自己一命现在却无声息的血人，孟勐一激灵站起身，捂紧了布包往东跑，跑了几步，他又停下来，深情地回头望了望那副还掩在外墙角的货郎担，转过身，头也不回地钻入呛人的黑色烟雾中。

最后一缕晚阳落下，村庄一片静谧，北风刮打着的小源河村，风过处，隐约有一两声货郎鼓响从一面残破的外墙角传来……

◀ 请 戏

梅山峡外的大晒场突然搭上了戏台。

闹台鼓响过第一回。大鼓小钹声声响，穿入百米外的梅山峡口，钻进峡内三开门三进又三重的梅山峡大屋。九岁的阿娇踮着小脚，听畈上传进来的闹台鼓响，心似猴爪儿挠过，边侧耳往外听，边蹬着脚尖往门隙的油坊里瞧。

阿娇是袁家抱来的童养媳。她的小丈夫叫平清，今年六岁。门里的婆婆梅枝也踮着小脚，她在清点山茶桃。

霜降过后，袁家的长工短工都派去了茶园，十三个人忙活了大半个月，山茶桃断断续续塞满大屋里的榨油坊。

请戏是公公太钱临时决定的。婆婆梅枝为此埋怨了几句，太钱瞪着牛眼骂："你个苕婆娘懂么子事？照办就是。"

一旁的阿娇吓得连呼吸都缩了回去。

太钱昨日去了趟长滩街，回来后就一直阴着脸，见人骂人，见鸡撵鸡。

太钱幼时得了一种叫"走马干"的怪病，鼻黏膜发炎后，一直化脓不断，去汉口寻了大夫都没用。鼻子腐烂的地方直延伸到上嘴唇，病好后，鼻翼和上嘴唇虫噬般各缺了半块。他平素极少出门。每个月去长滩街兑票，总用一块青布遮着口鼻。

那日，刚从山上返回的太钱，琢磨着兑票的时日到了，想着从梅山峡去长滩街也不远，便衣服没换鞋没换，顺手扯了只旧竹篓背着出了门。在找管账的大先生之前，他临时决定往长滩的东大街走走。

在袁家屠铺前，他停下来。刚刚忙完的屠夫，看着眼前瘦眉窄骨的老头，只见他脚跐一双破草鞋，凌乱的小辫歪盘在后脑上，眼下罩块青布，风一吹，便露出鼻子下的一大坨麻花豁口。屠夫怜悯心突起，随手捡了一块卖剩的下水肉扔给太钱："哎，赏你块肉吃。"

太钱的脸当即涨成了猪肝色："把你管事的请来！"

屠夫一听来了气："你爱吃不吃，送你的，还嫌肥拣瘦，请管事？我呸！我家大先生在水楼听戏呢，岂是你说请就能请的？"屠夫一把将肉夺回。

太钱气得直跺脚，吼了一声："没耳朵吗？是不是不想干了？马上把你管事的叫来！"屠夫一怔，嘴里仍喃喃："你一要饭的臭老头，我好心赏你一块肉，还这么不识好歹。"

太钱一把就掀了肉案。

大先生听说有人在闹事，怒目从戏楼冲出来。他一见太钱，脸上立时堆起笑，扯了扯屠夫齐作揖："大东家，不知者莫怪，您不常露脸，大伙儿都不认识您哩。"

"好，好一个不常露脸。那我让大伙认识认识。通知一声，明日让掌柜们来梅山峡听戏！"太钱背着他的竹篓，趿着草鞋，阴着脸回了梅山峡。

闹台响过第二回，梅枝出来了。门口的轿已备好，四个长工临时充当轿夫的角色，轿是竹制的，平顶黑油齐头轿，左右是青皮篾编成的牖，轿门处坠了一道红丝绒的帷帐。阿娇呶呶嘴："娘，峡内到畈上，两百米不到也坐轿？"

梅枝斜瞥了阿娇一眼："不想看戏，就在屋里待着，看家。"阿娇吓得不敢再吱声了。她缩着小脖，悄悄地跟在轿子后往大屋场走。

闹台鼓响过第三回，袁家大屋场密密麻麻挤满了人。梅枝的轿子刚落，帐房大先生哈着腰凑上前揽着她去了上席。

花鼓戏三打闹台戏开场。三打闹之后，戏台却没有要半点开场的迹象，倒是一声接一声的锣声鼓响大钹木鱼声，响彻大屋场。戏台下摆满席面，桌上的茶水果品糕点没人去动，几十位掌柜分两列站着，一律的青衣长马褂。肉铺的屠夫后背冷汗直淌，他不安地望着上席正中那张空椅。来时大先生可是说了，大东家要是不原谅，肉铺的营生就得收回。

戏台静了，仍旧是草鞋声先响，一个瘦岩岩的身影挑着山茶桃走来。放下扁担的太钱松开罩在脸上的青布，抖抖前襟的草屑，抬手压下几次欲言又止的大先生，也没看一脸惊恐的屠夫。手执青布擦了擦额上的汗，对梅枝笑："今日把后山又搜了一遍，算上我这担桃，今年的山茶几多？"

梅枝翻开账簿答："六百九十一担。"太钱点了点头。转头问大先生："竹坊呢？"

大先生手捧账簿上前，不料一脚踩空跌在地，话却没半点耽搁："回东家，本月竹板十万块，竹席一万床……"

太钱点了点头。朝两旁茶庄米铺饭馆裁缝铺的掌柜们道了声："我叫袁太钱，劳大家受累了。"又朝阿娇招招手："丫头儿，去让班主开《合银牌》，大家等着哩——"

清光绪三年冬日。原本热热闹闹的长滩东大街，十铺九关，近百家铺门统一置了块小牌：大东家请戏，今日休市。来而复返的人，空手等待的人，全拢在一处。人一多，闲话来了。知情人说："这人呐，不能以貌取人。"

"是呢，凡事还得有个规矩，越线就不好哩。"

"可不是嘛！多少人的饭碗呢？"

可不是嘛，多少人家的生计哩！

◀ 半座坊

公公太钱和婆婆梅枝相继离去，小丈夫平清成了大丈夫。在阿娇生下儿子达松后，平清一夜消失，连同长滩东大街的九九八十一家铺头的地契，永久消失。

阿娇哭了一个多月，当她晕乎乎醒来，儿子达松的脸已变得模糊。视力模糊的阿娇牵着达松去了长滩街，八十一家铺头全换了新掌柜。问新掌柜，他们的口径很统一："不认识平清。"阿娇找到从前的老掌柜，他们一个个哭丧着脸，说是新老板自己带了掌柜，接手时拿了铺契和官府文书，转契上的白纸黑字，都是平清的亲笔字，还盖有贴身的私章。而他们，也失了营生。

阿娇从长滩街回来，逢人便哭："你看到我家平清了吗？"

阿娇是平清的堂弟平润搀回梅山峡大屋的。

阿娇连问："平润，你哥去了哪？平润，你哥去了哪？"平润一脸苦笑："阿嫂，你莫要再问我，我……我不知我哥去了哪！你名下还有林场，有大茶园，有竹厂，有纸坊，别再找我哥，以后带着我仔达松好好过吧。"

阿娇边哭边摇头："平润，我平素待你不薄。跟阿嫂说，你哥是不是跟哪个野女人跑了？"平润自幼起，就像小尾巴一般跟着平清，他不可能不知道的。

"绝对不会！"平润脱口而出。

阿娇停了哭："那他去了哪？"

"我……这个，我真不知道。"平润的目光有些躲闪。

"好你个白眼狼！"阿娇对着平润就是一通谩骂。平润低着头，默不作声。只是此后，平润也消失了。

阿娇牵着儿子达松返回三开门三进三重的梅山峡大屋，贴着青砖夯实的老墙。她去了第一重大屋，盯着门第上"登龙世第"四个大字，记忆如潮水般涌来。

大晒场请戏以后，平清进了私塾。有一回，阿娇指着门楼的字问平清："袁家祖上没出皇帝，为什么叫登龙世第呢？"

平清一脸不耐烦："蠢货！那是祖上对后辈的期待和勉励。"

阿娇当时红了眼睛。鄂南乡下抱媳等子是常俗，阿娇大平清三岁，是不是平清自小就对自己这个没文化的大媳妇不喜呢？

那以后，阿娇也偷偷地识字习文。知道了第二重大屋"卧雪流芳"中的袁家祖人典故，她曾经以讨好的姿态，把祖先袁安客居洛阳卧雪待屋的事讲给平清听，平清却一脸不耐烦，末了还添了句："丑人多作怪！"

从此，阿娇在平清跟前变得沉默了。

阿娇贴着青砖夯实的老墙去了最后一重大屋，这间大屋是后来做的。袁家生意越来越好，鸡鸭鹅天天在门口兜来转去，有人笑话公公太钱："大东家，人住好屋，豚鸭无家哩。"公公太钱大手一挥："那就再做新屋！"

大屋开工，整整做了三年六个月，三进三重又半重。后半重是个油炸坊。门楼上"汝南世泽"几个字是平清亲手写的。还记得那回研墨，阿娇不小心洒了几滴，被平清连骂了几声："蠢，蠢，真蠢啊！"

往事不堪回首，平清骨子里就是厌烦她的。

想到这，阿娇心里的恨意像荒野滋生的草，疯着长。她把一切用度都以最好的为标准。家里缺东西，阿娇便去长滩街记账，长滩的东南西北四条街，全给她记了一个遍。人若问账，她下次再来时，就拿张契往人柜台一拍，抵吧。

民国七年（1918）的大年夜，讨账的人纷纷上门，阿娇一夜连写三十六契，竹坊，纸厂，山林，田地，还有最后的茶园，三重祖屋只剩下最后容身的半座油榨坊。用阿娇的话说，要不是油坊留下了太多她幼年的记忆，也会毫不犹豫换了酒。

只留下半座油坊的阿娇，心中的那股怨气，平了。

多年后，平润回来。

他把一纸烈士证送入阿娇手中。

平润说："平清哥当年拿着东大街九九八十一家铺头的地契，瞒着所有人去的地方是武昌。"平润又说："我一直怀疑他参加了革命，但没证据，所以我当年不敢与你说。我是在打民团时寻访到黎元洪都督府的一位管事才知道的，武昌起义前，鄂南长滩街有位袁氏献了大洋十万块。"

阿娇懵了，回醒过来的阿娇狠狠地抽自己一记大嘴巴。

抽完后，一股鲜红的血涌出阿娇嘴唇，她的喉咙发出阵阵瘆人的呜咽："我的个天爷爷呀，平清你个天杀的，我以为……我以为……"

原以为眼泪哭干的阿娇，望着冷冷清清的半座油坊，想起往夕热热闹闹的梅山峡大屋，泪水像泄洪的闸。那一夜，阿娇的号哭响彻整个梅山峡，峡头峡尾好几里，袁家近亲数十户，都彻夜亮着灯。

自那一夜之后，阿娇的眼睛真瞎了。

◀ 老寡婶

袁家老林场要伐，老树一棵不留。

这个消息像冷水中泼进了滚油，袁家畈沸腾了。老林场经历了袁家几代人的种护，再难熬的时候，阿娇和秋桂这对老妯娌，都没舍得动歪心把松杉树木伐一棵换粮。如今不但要伐，还是低价征伐。

劲松和达夫兄弟与镇上来的与县里来的与武汉来的人交涉过几场，拍桌敲凳骂爹喊娘的也来了几轮。一方决意征伐，一方坚持不让。场面陷入了僵局。

秋桂在梅山峡口搭上地窝子住下了。想闯山的人一见到这位老寡婶，憷了。烈属遗孀，哪个敢碰？

平润走的时候，只给妻子秋桂留封信，让她守好袁家。

许是受兄长平清的影响，袁家人的血性，大畈男儿的道义，在这个儿郎身上得到很好的印证。他以自己的果勇能干，成了鄂东南五千地方红军中的一员，得到了上司叶金波的高度赞扬，也引起了民团的注意。

一场大火烧了三日三夜，袁家新茶园在一夜间被大火化为灰烬。好在老林场的位置偏远，侥幸留了。

民团头子找秋桂："憨婆娘，去信劝劝你家那个憨货，再不收手，下次就不是烧几坨山，点几片林这么简单了。"

秋桂没有去信，平润也没有退却。在红军第五次反"围剿"收复龙燕苏区时，两个多月的浴血苦战，平润身中数弹牺牲。

民团没有收手，对袁家畈、对梅山峡、对秋桂母子展开了更疯狂的报复。

十月，民团的一把大火点燃了梅山峡内的袁家老宅。火光映红半边天，峡内的房屋坍塌，粮食被毁。秋桂抱着九个月大的袁达夫藏在屋后的一口水缸里，才幸免一难。

才是奶娃子的小达夫，饿得扁嘴哇哇叫，怕孩子发出声，秋桂只得把奶头塞在孩子嘴里。等民团们泄愤离去，秋桂的前胸衣一片血红。望着眼前的残墙断壁，看着怀里嗷嗷大哭的幼儿，秋桂抱着儿子爬上了老林场的顶崖。

身后一串竹竿点地的"嚓嚓"声传来，才发现是堂嫂阿娇拄着拐杖踉踉跄跄跟来了。

"阿嫂，这么黑的天，你怎的来啦？"

"白日黑夜对我一个瞎子来说，都一样。可我不放心你啊。"阿娇沙着声。多年前，阿娇把眼睛哭瞎后，声带也坏了。

"阿嫂，我……"秋桂哽咽。

"阿妹莫要哭，我那半座坊还在哩。"

"可这往后的日子怎么过？"

"你平清哥走时，劲松只比我膝盖高一点，你看现在，一大担的红薯都能挑了。咱袁家的林场还在哩，祖辈留下来的东西还在哩。你看哪，你比我还多一双好看的眼哩。咱俩一起熬，熬一熬，日子就顺了。"

熬一熬，日子就顺了。

从此，在梅山峡的半座破油坊里，袁家两位寡妇带着一对幼儿掐着指头熬光阴，熬过了太阳，熬跑了月亮，又熬活了崖边的茶园，把老林场的树木熬得更高更大更壮了。

伐木毁林，秋桂想不通。劲松和达夫不依，袁家的孙辈不让。血性大的，都把刀都磨好了。扬言说，硬要征收，就把命拼了。老祖宗留下的东西，绝不能毁在自己手上，不是钱不钱的事。话是不错，理也不假。老祖宗留下的东西，不能毁在自个手里。

阿娇来了，拄着她的竹拐杖，洒下竹拐杖一路的"嚓嚓"声。阿娇此时年近八旬，一头花白的头发如芦花杂乱瘫在额头，她偻着腰，倔强的脸高昂，一如当年一夜连写三十六张卖契的决然。

来征林的人更懵了。

一位烈属遗孀已经够让人头疼，现在又来了一位资格更老，更有话事权的烈属遗孀。她家平清牺牲前可是为国捐下了长滩街的九九八十一家铺头的，这些在当地都是有口皆碑的。

阿娇让人找来话事的负责人，顿了顿手中的拐杖说："我就问一句，你们把这些树啊木啊伐去武汉到底是做么子事？"

负责人小心翼翼地说回话："老婶子，树是伐去汉阳修铁路，袁家老林场的树木，多是花旗松，橡树和铁杉木之类坚韧而有弹性的大木，我们缺这样的材料做枕木。哎，这是修建铁路的相关文件。"

"达夫，查查那戳章，再把文件给大娘念一遍。"

阿娇听完达夫念的文件。沉思了一会说，"秋桂，树咧，看来真是拉去汉阳修铁路，做枕木要用的，国家建设我们得支持。"

秋桂沉默。周围一片嘈杂。

"妈……"

"大娘！"

"大奶奶！"

"婶子……"

阿娇用力跺了跺手中的拐杖："这片地，是我袁家先人出过汗，流过血的。为国利民的事，我们袁家人哪次落后过别家？我呢，好事做过，浑事也犯过，好事孬事都不差有这件。这个事，我就做主话了。后辈要骂，骂名我来当。"

"还有我！"

一对老妯娌，一双老寡婶，蹒跚着相互搀扶，迎晚阳离去。

◀ 浪里长滩

  百里长滩，逶迤在湘鄂赣边缘。滩头源自潘河，仅几户夏姓人家散居在湾边。

  清光绪年间，夏家一位名叫乾德的茶掌柜带族人改河开道后，河滩成了驿道，随着歇脚的商贾增多，长滩村从唯一的一座茶馆衍生出了旅店、饭铺、医馆、糕点铺、钱庄、绸缎铺、当铺……最后成为有名的茶马古街。鼎盛时，一条街仅蒙馆就有三家，私塾两座。乾德也被长滩人尊称为德公。

  德公祖上做茶汤生意，主营麻茶，兼带卖些龙井、毛尖、黑茶等长滩地方茶叶。传到德公手中，他尝试着把祖上的黑麻茶改良，先把新采的芝麻经中药浸泡后用细火熏蒸，再晒干烘熟，加上长滩黑茶精心研制，据《长滩志》载，德公作坊生产的麻茶，最远销到了俄罗斯。

  旺街招匪，长滩更不例外，因为辖属三府交界处，鱼龙混杂，盘踞这带的贼首名叫浪里云飞，落草前中过秀才，会几手拳脚，他除了劫过往商贾，更专偷盗。据住在小银匠隔壁的卖煎饼的老孙头说，浪里云飞行窃的工具刚好十八件，那些钩、刀、钳、叉等全是银的，是他打赌赢来的。老孙头说完，故意又把嘴角向花喜的银铺挑了挑。

事情的源头还是窃。花喜攒了笔银子放在床垫的暗格里，一日不翼而飞。在花喜哭天嚎地时，走来一个白白净净的书生，扔过钱袋说："你暂收好了，待我明日来取。"

花喜抬头看，是自己前日拒接的一位主顾。

花喜把钱袋锁在银铺的暗柜里，内外加了九道锁。可到了第二日，银铺又传来花喜的哭声。晚上，那白净书生送回钱袋同样只丢一句："你暂收好，待我明日来取。"

这次花喜哪也不藏，他把银袋悬在银铺的横梁上，叫上族家兄弟，十几只眼睛齐刷刷盯着银袋。到了天亮，书生准时出现，众人打开银袋，只有一堆碎石头。一众大惊，只有花喜和书生同时发笑。

书生笑说："你输了。"

小银匠花喜也大笑说："是你输了。"可一掏自己的前衣襟，随即脸色大变，额上滚的全是汗珠。

而老孙头当街说破这事不久，家里全套卖煎饼的行头不见了。失窃当晚门窗完好，隔日，有人在河滩头看到一堆被锤得破烂的笼蒸煎锅。

老孙头来找德公，哭诉完这前后两桩糗事。德公听后一言不发，反剪着手皱着眉在房里来回踱步，过了很久，他吩咐账房先生，在端午节来前，给贼首浪里云飞独居的母亲送些时兴的小菜。

老孙头气得不行，逢人骂浪里云飞恶，骂德公失察，不报官剿贼，反而刻意讨好恶贼之母。

长滩又发生了几起失窃案，刚刚移居长滩的富商郭唐旺家丢失的数额更是巨大，可他家中门窗完好，锁柜无损。郭唐旺联合几家苦主报了官，捕快来长滩搜查也找不到什么线索，去浪里云飞家中蹲守，连着三个月不见其踪迹，几位苦主一怒之下，把浪里云飞的母亲打了一顿后，老夫人哭着去了翠华寺。

长滩从此更是鸡犬不宁，连连失窃。

德公知信后，吩咐账房先生去了城里，请来城里最好的大夫去了趟翠华寺，并在中秋那日，让夫人捎送几盒月饼，陪了老夫人整整一天。

浪里云飞母亲的寿诞，德公又备了寿礼送去翠华寺。

春节前，德公让儿子把家里年糕各样精选一份送去翠华寺。

半年后，浪里云飞突地音讯杳无。百里长滩再也不曾有过失窃案。

很多年后，小银匠花喜闲来无事想去长滩的河洲开一垅南瓜地，他挖开风雨桥侧的荒草，角锄挑出一个包裹，里面放着长钩、短刃、环绳……一数刚好十八件，每件都有他烙下的私印。

而百里开外德公涉外商贸的麻茶铺里，有一位白白净净留着山羊胡子的账房先生。

◀ 风雨桥

····················

长滩四街两巷一向尚"礼""仁"，敬文字尊圣人，蒙馆的孩童下学，第一件事就是西去风雨河，跨踏水桥往侍纸坊，把自己一天所习的字整齐地码放在侍纸台上，由蒙馆的金先生统一燃烧。

夏热蹚河倒能给人几分凉快。秋、冬的河床干涸，也可踩着踏水桥上的踏板石过河。可每到春季，风雨河上游的潘河水涨，冰凉的春水没过踏板石，金先生每每带孩子们过河，都会打湿鞋底。

金先生去长滩街找石匠郭唐旺，郭唐旺自遭土匪浪里云飞洗劫后，重操了旧业。他虽在钱财失了卯，技艺上却是愈发精湛。都说他雕在石门上的龙，下雨天能鸣；刻在窗楣处的花，深夜能闻到香。这些金先生不信，但他知道郭唐旺手里的那柄凿刀，真能在片刻间给你雕一个会笑的憨娃娃来。

金先生想再请郭唐旺凿几块不会打湿鞋的踏板石。

金先生来的时候，郭唐旺正在凿一方麻石磨，打完招呼，他用火柴帮金先生点了一袋烟，又继续忙自己手里的活儿。听完金先生讲明来意，郭唐旺呲呲鼻停下手里的活儿："这倒是些小事。可是老先生，都民国了，您老还信敬字就是敬圣人哝？您那些纸，白白烧了怪可惜的，不如留在那蒙馆，待我隔日取了来，徒弟们上厕所正缺手纸……"

金先生气得当场拂袖而去，自己借了一辆独轮板车去矿场，又请银匠花喜帮忙磨去石棱子，垫在踏板石上。

再遇郭唐旺，金先生总是眼一瞪，头一偏，猛一甩衣袖，远远绕了去。

郭唐旺膝下有一子名郭定，与德公之女夏乔自幼青梅竹马，两人年满十八后，经双方媒妁，只等八月十五花好月圆夜，拜父母，行合卺礼。德公在长滩素有贤名，掌上明珠出嫁，也有意为爱女树淑德，遂向准亲家提议不收郭家分文彩礼，由德公出石料，郭家出工匠，把原先风雨河中的踏水桥改为拱石桥，取作"夏乔桥"作纪念。

谁知郭唐旺一听来气："西去除了座可有可无的侍纸坊，就是废荒山，你建桥就为'夏乔桥'？这桥我不建。"

德公脸上挂不住："这是为子女造福嘛！"

"我呸！你尽整这虚玩意。有这闲钱，你给我打两小酒润润喉，兴许还能给你唱俩小曲曲儿。"郭唐旺话落，一口唾沫吐在手掌又继续干活儿，嘴角向身后片好的青石板一挑："这些活都够我忙到年底的，你还尽给我添乱。"

气得德公寒牙青脸甩袖离去。

幸得双方子女情投意合，一桩喜事才不至于泡汤，但两人从此生了隙。德公与人聊起此事，一声感叹：郭唐旺就是一孤寒命！

寒来暑往几载，金先生老了，随着长滩小学建成，老蒙馆关闭，鲜少人行走的踏板桥随着上游的潘河冲刷，风雨河的河床加宽，一场春潮过后彻底塌了。

又是寒来暑往几载，西山更荒，石匠郭唐旺更老了。

一日，一名身着旧军装的高个男人一身泥血扑进郭唐旺传子郭定的凿石铺，父子俩来不及搀扶来人，那人便晕倒在地。等老石匠请来郎中，处理好他身上遍布的伤，来人悠悠醒来后说："长滩风雨数百年，为何就容不下一座毗连的西山？再任这么荒下去，长滩街离毁也不远了。"

郭唐旺不以为然："不就是一座荒山嘛，怎就扯上了毁长滩街？小兄弟莫在这危言耸听吓唬人嘛。"

来人一声长叹："西山多年荒芜，下有潘河冲刷，山体多年受到风化剥蚀，已多处滑坡，任这样下去，泥石流一来，会卷走整个长滩……"

郭唐旺听完，当即怔在原地。

门外传来踢踏的嘈杂声，郭唐旺回过神探头望，只见银匠花喜慌慌张张跑过来："坏了，坏了！新来的县长前几日来长滩，上了西山后，人就没了……"

老石匠望向屋内，竹床上的旧军装男子摇摇头，一脸苦笑。

老石匠突然召集了他所有的徒子徒孙，一连着多日，凿石铺里的片石声日夜嗡嗡，大锤小锤叮咚交错。风雨河上整夜亮过马灯后，河上架起了一座崭新的青石桥，圆的桥洞，弧的桥背，青石铺就的桥面嵌着万福，拱桥身上的雕龙刻凤，栩栩如生，弧拱身正中处，刻着三个刚劲的大字——风雨桥。

有好事者看到，在建桥期间的某一天清早，老石匠郭唐旺提了一刀腊肉登了德公的家门。德公随后和老石匠一起上了趟西山，俩人返回凿石铺后，关门谈了大半日，随后一起去了县城。至于谈的什么，无人晓得。

只是不久后，德公从县城请来最好的黄梅戏班，风雨桥上鼓乐齐鸣过后，西山上黑压压都是忙碌的人。

冬去春来。

老蒙馆的金老先生拄着拐棍，牵着孙子金小伍，腋下夹着几沓废纸来找老石匠喝茶。走在长滩街，向着西山时他眯着眼喃了一句："咦，那西山新栽的树们，绿了！"

守候一株鸢尾

◀ 金三卦

　　长滩的犄角旮旯，有一间不起眼的小铺面，正匾烫金招牌，端端正正地悬着"金三卦"三个金字，左侧的木牌写着"算卦看风水"几个楷书字。

　　这是金三卦的卦象馆。

　　金三卦祖上是蒙馆先生，他自幼研读《连山》《归藏》《周易》，对五行、八卦颇有造诣。

　　卦象馆初起，金三卦立了条规矩——每日三卦。多一人不看，少一人上大街找。卦准了，双倍卦金；不准，分文不取。

　　老贾在北门做钢材生意，娶陈裁缝为妻，二人婚后多年无子，年近半百的老贾，为此常叹息。

　　一日黄昏，老贾行于老街，与金三卦撞上了。

　　金三卦说，老贾，《红楼梦》说贾不假白玉为堂金做马，贾不假，今日就看你吧？

　　老贾明知金三卦在拉人头，心想反正闲也闲着，便应了。

接过老贾的生辰八字，金三卦子丑寅卯一掐算，说老贾啊老贾，你命有二子，现今八字正行子运，子门却堵了！一言戳中痛处，老贾脸一寒，转身欲走。金三卦也不拦，笑着追一句：把你家东院的土墙拆了，说不定有意外之喜。

老贾回到家中，站在东院的那面老土墙前左思右看，又把这事当笑话说给陈裁缝听。陈裁缝说，推吧，这面破墙遮了半院阳光，早想推了。

这事说来邪门，推墙不过三月，陈裁缝吃酸吐酸，吃辣呕辣，十月怀胎过后，真生了一对龙凤胎。

老贾备了礼，去北门岭找金三卦，却见门户紧闭，门前排了一溜的小马扎，一打听，乖乖，都是来排每日三卦的。老贾抬头，眼睛落在悬于门墙上歪歪扭扭的"金三卦"三个泥字，略一沉思，请老街最好的铜匠打了块"金三卦"的铜招牌送来。

金三卦出名了，每日三卦，门前排的小马扎越来越长。

老贾中年得子，生意如鱼得水，从钢材生意延伸到了房地产业，也愈发倚重金三卦了，每隔几日，便派人在卦象馆门前排个小马扎，大事小事爱来请个主意。这不，自己的商贸城没开工，老贾就为大门朝哪开讨主意来了。

照例是子丑寅卯一番掐算，金三卦说老贾啊老贾，你是午马，午旺南宫，南开门，天官赐福啊！开南门，可保名利双收。

老贾如领圣旨，一出卦象馆，把开南门的指示传达了出去。

只是才半盏茶工夫，金三卦喘着粗气跑来老贾家。

老贾边引座，边调侃，金大师，你门前不是排了一溜小马扎吗？怎么的，还上我这凑人头？

惭愧，惭愧，上门补卦来的。

老贾一怔。金三卦开口了。他说，老贾啊老贾，南门虽好，但腾达迅速，却不能长久，你得改去东门！

东门？东门靠稚水河啊！

得水逢生，商城台阶下做道护栏，引路往北走，生态环境和财门都能兼顾，况且东方一直是你的福位。

老贾想起那面东土墙，连连点头。

金三卦却是步伐沉重地走出贾家。一回卦象馆，把老贾送的铜招牌摘了，一连几日，闭门谢客。

这件事传到老贾耳朵里，他备上酒菜请金三卦。酒过半酣，老贾带着醉意提起此事。

金三卦说，商贸城正对面准备建学校，这事晓得吧？

老贾点头，听说了，重点小学连中学，等建好我打算把孩子也送来。

学校西南两面背临老街，东靠稚水河，北门最适合校门，可你热热闹闹的商贸城南开门，商门对校门，你家孩子能安全？

老贾一惊，你为这事让我改向？

金三卦点头。一杯酒下肚后，金三卦长叹一声：你刚走，那边的负责人也来了！

你也为这事拆了招牌？闭了馆？

金三卦打着酒嗝，我开了四卦！

补卦不算卦。你在帮人。就说我那龙凤娃，没你点拨，成吗？

你家裁缝喜欢靠那堵老土墙做针线，土墙虽然凉，但这阴冷不适合备孕的女人长期呆，推了土墙，你家日照充足，可助孕。

金三卦真醉了，该说不该说一个劲地说，把老贾听得酒醒大半。只是听完他半宿没睡，天一亮去了省城，找最好的锔匠制了块"金三卦"的镶金牌，又选了一个黄道吉日敲锣打鼓送过来。

老贾说，这世间最难卜的不过人心。社会在发展，人类在进步，虾行虾路，鱼行鱼路，怎么赚钱都得有个讲究，人家那金三卦，讲究，当得了这三个字的金招牌。

守候一株鸢尾

◀ 傩 戏

　　良曲盯着家门前的大晒场，一看就是半天。几日后，他站在隔壁院的难生屋门前喊："难生哥，封在自家巴掌大的地方，人快疯了，要不……咱哥俩把傩戏请起来？"

　　在院里闷着脑壳抽烟的难生听到喊声，顺着良曲手指的方向，看了看晒场角落那堆闯滩节后拆下的台料，沉思半晌，"能成？"

　　"老祖宗留下的物什，怎就不成？"

　　"现这情况……"

　　"家门口请呢。里面套一层口罩，外面盖一层脸子壳壳，安全着。特殊时期，马角不请，五方小鬼用稻草扎，请六叔在台边打钹，我家二小子在屋门口敲鼓儿，咱老哥俩撑一出《镇钟馗》，准成！"

　　难生看着晒场周边密密匝匝闭着户门的人家，同意了。

　　傩戏名鬼戏，又称傩愿戏，是祭神、驱瘟避疫的祭祀活动。鄂傩戏，在原傩戏的基础上，另融入了湖北花鼓戏的精华，被列入第一批国家级非物质文化遗产后，湖村每年的闯滩节，难生和良曲都是堂角。

请钟馗的日子定在农历二月十二，惊蛰日。

老哥俩轮流把门前的大晒场清理干净，搭上简易的傩堂，公鸡黑狗乌鱼黄鳝甲鱼"五血"倒不难，这是鄂南请祭的常用物，两家备的养的一凑，齐了。蜈蚣地鳖蛇壳钩藤藿香金银花川贝茯苓等十二味镇邪、清肺止咳的中药就难着老哥俩了，别的还好说，难生闺女做村医，中药铺现成有。只是那味蜈蚣，两家人卸土墙翻阴沟直忙乎了多日，才找到一只小指头大小的红头蜈蚣，等把这些装入陶罐泡上酒，五帝钱又给卡着了，良曲一咬牙，把自家压房梁的那枚乾隆古钱给掀了下来。

按商定，难生做端公，良曲打先锋，打电话约六叔打钹子时，六叔在电话里泣不成声——他在省城的儿子早上送方舱医院了。

"难生哥，傩戏半台锣鼓半台戏，锣鼓开路，马角唱和，现在我们仅请出鼓和钹，打大钹的却退了，这……"良曲看着难生，一脸的沮丧。

"你老嫂子会些小钹，还有两日，我再提点几下，凑合吧。"

农历二月十二到了。

难生身着红袍，头戴着柳木做的竖眉獠牙傩面，手执方香走上临时搭的傩戏堂，良曲头戴青面，身穿兽皮衣饰，一手执金鞭，一手拖着稻草扎的麻衣小鬼跟在难生身后，难生嫂子和良曲二小子，一人怀小钹坐在台边，一个抱锣鼓坐在自家屋门口。

难生在堂案正中挂好钟馗神像，把轴联贴在钟馗像两侧，又将"秋官驱邪"四个大字粘在神像正中上，然后取过"五血"，在神像面部和手足各洒一圈，念起了钟馗诰："……祛邪斩鬼大将军，终南铁面我神君，扫荡妖氛天尊至……"

念毕诰，难生用银针在神像的眼，口，鼻，喉咙，肺几处点刺，刺完，用蘸过十二药的方相点戳，口中念叨："天有金光，地有银光，日之黄光，月之射光。金光速现，速现金光，恒巫来开光。"

接着用两只海碗盛水，横一根筷子在两碗间，随后发令："观我恒巫号，听我师郎令，日查三十六，夜查七十二，妖魔野鬼，魑魅魍魉，病邪远离……"难生手执方相在傩戏堂上边舞边唱。

唱毕，难生持方相斩断碗上的筷子，端起水，沿着戏台旋转，边转，边浇水入地，同时念："……天地日月斗南开，全生丽水福庆来，瘟疫病灾今日散，福佑善神入庭来，今我恒巫听神令，水碗一扣瘟疫脱。起！"将另一碗水泼向麻衣小鬼身上。

水落地，六叔屋门前传来"咚"的一声悠长大钹声。难生一怔。是六叔，他红肿着双眼站在自家屋前，手里的大钹随即"咚咚锵""咚咚锵"合上了难生嫂子和良曲二小子的两番鼓钹。

难生心一悸，手里的方香转得更快了。

远处，有板鼓声聚上了；东面叫锣发出清脆的声音；西边的中钹和次钹也合了过来；南角的尺板和木鱼声丝丝入堂；堂北的号头也亮了……一时间，十番锣鼓从湖村的四面八方响起，和着傩堂的步奏。

接着高腔、平腔、花鼓腔、山歌腔，阵阵楚腔传来。银脸的四大天将，花脸的关索，黑脸的城隍，粉脸的和合二仙与小娘子接腔而出……闯滩节上的十二舞神戴着脸子壳壳一人两米的距离立在大晒场四周。

难生眼一红，感觉周身的血脉偾张，手里舞动的方香越转越快，嘴里的唱念加急了几分。旁边的良曲手执金鞭舞动起来，边舞边指傩堂边的那一排麻衣小鬼："吾是先锋太白将，钟公派我打先锋，一打东方木精鬼……"

"二打南方火灾殃！"

"三打西方金精怪！！"

四周阵阵和音响起。

一帧帧脸子壳壳从晒台边的各处门户窗口探出来，齐声唱念："四打北方水灾殃，五打中央土精鬼，土精邪鬼土内藏，五路瘟疫都打尽……都打尽！无病无灾出屋门。"

齐齐整整的楚腔，在一片"咚咚锵"的锣鼓钹声中，在傩堂外的大晒场边合着鼓点，在麻衣小鬼倒地的声响中，踩着三角形的舞步在跳，和着难生和良曲嘹亮的声音，冲向傩堂，冲上了云宵……

◀ 皮　影
....

"看牛皮（皮影），熬眼皮，摸黑回家撞鼓皮，老婆挨眉捏闷脾……"

沔阳皮影戏在江汉平原一带久负盛誉，让陈皮没想到的是，背井离乡时隔三十年，他还能亲眼看见皮影子成戏的全过程。

父亲老陈头今年七十，陈皮一早与父亲约好，春节回湖村过，只是没想到刚落家，一场突来的疫情，路封了。如果能提早预知这些，或许陈皮会选择留在花都，厂子里一摊子事，从封城的第一天起，他的手机铃声就不停在响。

父亲老陈头倒是安心，铺天盖地的封城信息传来，他却蹲进东厢房的角落里捣鼓那几只大木箱。老陈头老了，老了的老陈头习惯在天气晴好的日子里，搬出他的木箱子，翻开一张张叠卷的皮影子，边晾晒，边抚摸，如同抚摸那些折叠在皮影里的旧光阴，偶尔还有老陈头的叹息："哎，不中，都不中啦！"

封城的第二天，老陈头在封村前出了村，黄昏返家的时候，他的嘴边扣了一个天蓝色的口罩,在陈皮惊讶的目光中,把半张新鲜的黑牛皮浸泡在水盆中。几天后,陈皮帮老陈头起过盆,将浸泡过的牛皮凉上木架,他的电话又响了,陈皮边接电话,边看老陈头一点一点地割牛皮,去碎皮边角,用刮刀剔牛皮里的肉渣,等老陈头翻过牛皮刮外面的牛毛时,陈皮已经打开了随身携带的笔记本电脑。

老陈头一整天一整天地刮牛皮,陈皮一整天一整天的接电话,或对着笔记本电脑里的视频指指点点。老陈头那张饭桌大小的牛皮经过他不停的刮皮、浸泡,逐渐变得光滑透亮,被老陈头展开钉在木板挂在背阴处。陈皮电话里的大吼大叫声,也慢慢变成笑逐颜开。

每隔几日,老陈头便会取下木板上的牛皮,用圆木棒在皮子上来回推磨,整张皮子变得越来越平整越来越光滑了,老陈头又把皮子一分为二,分别在两张皮子上描影。描完影,从东厢角取来十几把大大小小的刻刀,逐一过了水,上水石打磨。

江汉平原一带的皮影匠,对刀路、刀型都颇有讲究,不同的刀路要用不同的刀型,老陈头先用钢针顺着描过影的线条扎,接着将牛皮绑进一块硬木板上,凿头形凿帽形,雕侧影,打眼眉儿,挑鼻尖子,每下去一个凿刀,都会比对一番。

天晴的时日,陈皮晃着腿,叼着香烟,靠在紫藤椅上晒春阳,其间不时会拿起手机,吩咐厂里的主管几句,脸上挂满春风。下雨的时候,遇着陈皮不忙,他会上来帮帮老陈头,对着老陈头手里的活指点:"这鼻尖儿,蛮好了。还有这,也行了。玩耍儿的小皮影，不用这般过细的，蛮讲究做吗？"

通常这时候，老陈头眯着眼睛看陈皮，"说吗呢？做啥都得有讲究。这鼻梁太挺，就少了一点乖巧伶俐劲，懂不？这额头，还不够圆润，也显得妩媚有余而柔美不足。"

陈皮笑："哈，您老还懂审美呢。"

"皮影子仿的都是戏剧人物，刻皮影讲的就是繁而不乱，密而不杂，哪处该涂染，哪处要镂空，眉弯弯，眼线线，樱桃小口一点点，笔笔都含糊不得，若布的局不合理，人物就难逼真，不逼真，戏就哑巴了，你小子不懂！"

讲完这些，老陈头不再理会陈皮，将红黑绿等几色颜料分别熔进碎皮子熬好的皮胶中，在小火里一边温，一边往皮影的两面上色，待色变干，又一层层的刷桐油，待这些做完，一男一女惟妙惟肖的皮影子也告成了。

老陈头选了一个晴日，在家门口置了一张方桌，方桌上架上一块白纱布，白纱布的底边是老陈头自己手描的水草幕，他将一男一女两副皮影子紧贴在水草幕上，先提起那副男影，轻咳了两声后，男影的手缓缓抬起，男腔随之而出——

"近来好鱼价，清早把湖下，哪知天气陡变化，雷电又交加，倾盆大雨隆……"是《大汉皇帝陈友谅》。年轻时的老陈头，曾领着年幼的陈皮，带着这出皮影戏，一口楚腔走遍江汉平原。

屏幕后，老陈头的手转向了那副女影，丝丝入扣的女音同时传了出来，"狂风掀巨浪，啊呀呀，泼进了仓……"

陈皮突地有了去帮父亲提线的想法。

"只顾把鱼捕，难道我，陈普才夫妻就要命丧于此吗？"屏幕后的声音又换成了男音。在陈皮走向幕后的瞬间，他怔了。他看到父亲老陈头手里提着男影，鼻梁上架着一副白色的口罩，那是他的工厂生产的口罩，是他在封城前匆匆塞在包里带回的样品，最近工厂火热在生产。

"这……前面有一个土滩，待我抱妻上岸想办法哟！"看到陈皮，老陈头口罩里的声音停了停，仅仅片刻，他的声音又响起，"荒野产子遭险，无数水鸟筑屏棚，不见风雨电轰，雨过天晴现彩虹……"声音随着老陈头手中提线的变动，时高时低，时男时女，女低音似溪流入谷，苍老的男中音厚实略带苍凉。

看着偻腰专注的父亲，陈皮怔在那儿半天没动。

等他豁然回醒，一把摘下了老陈头戴在嘴边的口罩，在老陈头错愕的目光中，陈皮半跑着冲进了内屋，拔掉了正在充电的手机，哆嗦着手拨通了工厂主管的电话。

◀ 签名书

本城大作家来给大家上课，顺便安排了新书签名活动。

他本来是不想去要签名的，书便放在宿舍里没拿。下楼的时候，遇上两位朋友，手里都抱着那本《世间》。看到他空着的手，其中一人问："喻老师，你怎么不带上书，不打算要签名吗？"

他笑："我就算了吧，把机会让给大家。"

对方笑："不必谦让，都有安排的。"

他还是摇摇头。其实心里是难受的，天知道他是多么喜欢这位大作家。

他是省里的文学骨干，文学院的签约作家，本就是一个爱看书的人，遇上自己喜欢的作家，讨个签名也是常有的事。有时文友出书，人家还签好名，恭恭敬敬地递来，一声"喻老师，请多指点"，这书不但要收，收下还得认真读，有时还得写几句读后感。也常有省里、市里组织的研学培训、颁奖礼等活动，每回参加完，也会捧些书回家。

可妻子不爱看书。

她以前并不是这样的。只是婚后换了新单位，似乎不受重用，还被科室老大有意无意地打压，这让她工作热情渐失，看一切都变得不耐烦起来，尤其回家看到满屋子的书更是恼火。尽管他再三强调，好多书是珍藏版的签名书，妻子仍很生气："家里总共就这么点大，你看看这屋，哪处堆的不是你的书？以后参加活动，不要再带签名书回来了！"

妻子现在不爱看书的原因还有一个，心思都放在影视剧上了。她甚至可以在加班返回后，追着一部电视剧看到深夜，第二天一早，还眼睛通红地去单位。他曾以此为由，提出过抗议，妻子娇怒："我看电视，占着你家的地了吗？"

望着妻子疲惫的脸，看着满屋子的书，什么反驳的话、难听的话，他也不好意思说出口了。

课堂上，大作家讲了一个关于文学情怀的小故事：

《世间》在北方某个县城发行的时候，一天夜里，县委一位重要领导的秘书突然来找他要签名，匆忙间，他当时也没来得及问秘书为何深夜求签名。后来秘书来送行时告诉他，那书是送给一个当地很有文学情怀的拆迁户，那是一个所有人出动都做不通劝迁工作的"钉了户"。但在拆迁户收到书的第二天，却主动打电话给秘书说，他们家同意搬迁，无须别的条件。

听完这个小故事，他有些郁闷地想提问：我妻子丢失的文学情怀如何找回？

课间休息时，院长在群里提醒："课后签名，大家排着队，从一组开始到三组，轮着去。"他立时有种想跑去宿舍拿书的冲动。

妻子的电话打进来时，下半节课刚要开始。他匆匆接通电话，说了声"我下课后再打给你"便挂了电话，然后把手机调了静音，随手搁在桌面上。

但妻子的电话仍不断打进来。他有些恼怒地把指头划往红键。

紧接着，微信有提示了，几串长长的语音信息。他没听。课堂还在继续，妻子的电话和微信轮番向他进攻，他有些恼火，清空了妻子发来的微信语音。

好一会，又来了一长段文字："喻晓明，你挂电话干吗？电话不接，信息不回，请你帮我找大作家讨个签名有这么难吗？还是说，你跟我嘞瑟上了？"

他头皮一炸，感觉意外极了。妻子为什么有这种想法？她不是最讨厌自己带签名书回家的吗？

课堂一结束，在同学们排队签名的时候，他立即回拨了电话。

电话里，妻子刚开始吞吞吐吐的，一会才说："听人说，我的一个客户特别喜欢这位大作家，我就想……"

他在心里嘀咕了一句：这女人，真现实。

挂了电话，他又有个意外发现，他和妻子的上一个通话记录竟在五分钟前，而且时长40分钟——应该是中途妻子打电话来时，他手误接通了，而妻子也一直没有挂断——这意味着妻子刚才通过电话，把大作家在课堂讲到的"《世间》里的文学与人生"，一字不漏全听到了，电话后来一定是在他不小心轻扣手机时才被挂断的。

难怪。他心中一喜。他和妻子当初因文学而走近，文学情怀装点了他们恋爱时的点滴。而今，在不同的地点，竟又一同聆听了 40 分钟的同一堂文学课，他们的心意，原来还是相通的。

飞一般向宿舍奔去时，他脑子里还在快速盘算，得再去买一套，请大作家签两套书。

◀ 老麻雀

夕阳透过窗子，把他蜷缩在摇椅上的影子拉得老长，宽大的阳台上，留下摇椅的一串吱嘎声在回荡。那只灰色的老麻雀来了。如同每个平常的黄昏。它扑棱着翅膀飞向窗边，灰色的小身子颤了几下才在窗台站稳，抖了抖凌乱的羽毛，它小心地探出头，圆溜溜的小眼睛往窗内看，嘴里发出细微的啾啾声。

"小东西，才来？"他轻骂一声，摇摇晃晃地站起来走向内屋，再出来的时候，手里多了一把小米。可窗台边的老麻雀却不见了。窗外的围栏上，多了一群小麻雀，它们叽叽喳喳地叫，像在商量什么。

他若有所思地看着手里的小米，想了想，还是把手穿过窗格，将小米撒在地上，又摇晃着身子，慢慢吞吞地把自己落在摇椅上。

他醒来的时候，夕阳已经落下。窗外地上的米粒不见了。看到站在窗前的他，围栏边的那群小麻雀又叽叽喳喳叫起来，细小的身子一齐弹向空中，留下一院的空旷。

他扶着窗格，眯着眼睛吃力地向大院搜索。

院外静静的。当他有些失望地收回目光时，意外地看到那只塌着翅膀的老麻雀立在草丛边。他眼睛一热，复进屋抓了把小米，嘴里发出"啾啾"的呼唤声。老麻雀似乎懂了，小眼睛望着他，嘴里细微的"啾啾"声像在回应一位多年的老友。它瘸着腿，扎煞着羽翅慢慢走近撒在地上的米粒，嗑一口，小心地回头向外望，再往前走一步，看着他，又低头嗑一口。

老麻雀扎煞着羽翅的样子，让他想起一桩旧事。

他出生的村庄外有一排落叶槐，冬季的黄昏，落叶槐上落满了成群的麻雀。村里的孩子喜欢捕雀，捕捞的工具也极其简单：大树下支一孔箩筛，在里面撒些小米苞谷，箩筛口支的小棍上系一根绳子，牵向一旁，躲在远处的人看到雀进来，只需轻拉绳头，雀们就罩进了箩筛。

他是捕雀的高手。一筛子扑下，没有落空的。

那个冬季与平常并无两样。他伏在离箩筛不远的一块坡地下，手里紧紧攒着绳头，一只青色的小麻雀走进了筛子里，又一只褐色的麻雀走进了筛子里，灰色的老麻雀左右观望，也慢慢靠近了筛口……

他扑通拉下筛子的时候，筛口正好压着老麻雀的翅翼，他快步奔上前，想按着筛顶。就在这个时候，那只老麻雀扎煞着羽毛，拍打着翅膀，向他发出尖叫。他待在原地，眼睁睁看着老麻雀打翻了箩筛，一青一褐两只小麻雀在灰色老麻雀的带领下，扑腾着翅膀离去。

守候一株鸢尾

057

那是他最后一次捕雀。在很长的日子里，他的脑袋里装着的都是那只扎煞着羽毛嘶声扑打着笭筛带走了稚雀的老麻雀。

黄昏的时候，他的儿媳妇来了，拎着大包小包。

儿子大学毕业后，他东拉西扯地攀了点关系，把儿子送去了现在的单位，待遇不错，只是常派外差。儿媳妇小云会在每个周末来一趟，为独居的他送来生活用品，再陪他吃餐饭。

他心情大好，冲客厅喊了声："小云，来啦！"儿媳妇边换鞋边"嗯嗯"地笑着与他打招呼。他挺了挺酸麻的腰，憋了一星期的话匣也打开了："小云，我……"儿媳妇已匆匆进了厨房。

吃了一周的面食，他感觉满嘴都是面条的腻歪味，硬生生吞回了另外的半截话，转成喃喃："那，晚餐就随便点吃吧。"儿媳妇很灵敏地从厨房探出脑袋："今天真得怠慢您，晚上单位加班，我得紧着走。"

不多会儿厨房传来锅盆碗盖的撞击声。他在客厅来回走动，走了几步，忍不住还是朝厨房喊了一声："小云，帮忙把米饭煮软点。"

厨房里的声音停了。一会儿后，更用力的锅碗撞击声传来。

他叹了口气，走向自己的内屋。

再出来的时候，儿媳妇已经走了。餐桌上多了一碗红烧肉，一盘土豆丝。

他摇晃着身子坐上餐桌，想了想，又站了起来，打开客厅的电视机，把电视机的音量调得很大，把里面的画面调得热热闹闹的。米饭很软，很合他的胃口。只是土豆有点咸，肉咬了一口，硬。

他放下碗筷，把电视机里那群蹦蹦跳跳的舞娘关进屏幕里，摇晃着身子，穿过空荡的客厅来到窗边。

窗外的灯下，那只老麻雀已经没了踪影，院子里同样静悄悄的。

他偻着腰转过身，把自己单薄的身子重新蜷缩在摇椅里，任那串吱嘎的声音划穿夜色……

守候一株鸢尾

◀ 赶　山

那是二十多年前的事了，那时的山猪还不是国家保护动物。

那年立冬，爹托人给我捎来一大挂山猪肉。爹虽是护农小组的成员，持有公安部门颁发的准猎证，但年岁渐大，加上腿脚不好，已不再赶山。山猪肉集上也有，但多是圈养的山猪的肉，要价最高时每斤三十元，爹一辈子勤俭节约，怎么花得起这大价钱？

我家地处幕阜山脉，山是海拔千余米的崖头，树是钵罐粗的松杉柏栎，山风掠过，便见林海翻滚。当年红军打游击战，只要进了林子，敌人就一筹莫展。山高林密的自然野兽就多，山下的庄稼遭祸害了，村民邀约赶山那是常事。

拨打爹的电话，不在服务区。打电话给娘，想从她嘴里问出山猪肉的来源，娘在电话里支吾半天，末了却蹦出一句："我也不晓得这'老实坨'从哪弄来的。"

娘早前是不这样喊爹的。听娘说，爹在林子里，能根据风吹林动的声音判断出野林子里走动的是山猪、野兔还是狍子。只要爹抬起火铳，就没有落空的时日。

她叫爹"老实坨"是婚后十几年的事。娘没事时喜欢缠着爹去赶山，她喜欢坐在围口，听围猎时猎手站在山头此起彼伏的吆赶声，她喜欢看爹火铳上挂着野物向她迈着阔步走来的样子，她还喜欢……

娘那天和往常一样坐在围口的垄上。很长一阵死寂过后，山上传来一声沉闷的铳响，按娘的经验，那是猎物中枪后特有的声音。当山头的吆喝声传来，一阵嘈杂的踢踏声也从林子里向娘传来，她兴奋地迎向林口，但她等来的不是爹，而是一只跌跌撞撞钻出来的受了重伤的野狍子。猎妇的本能使她脱下自己的外套扑上前，肥大的屁股死死地蹲着这只百来斤的野狍子。

娘气喘吁吁地找到爹，说："我拴着了一只大狍子，你快去，晚了怕那衣服拧的绳子制不住它。"

爹哈哈大笑："它跑下山了？"

娘忙制止："你小声点，悄悄随我下山就行。"

爹随娘下山看到野狍子，一扣扳机，冲天就是一铳，接着扯开粗大的嗓门远远一喊："老伙计们，我婆娘降住了一只大狍子，快来！"娘来不及制止，最后百多斤的野狍子与坤叔、德叔等六个猎手平分了。

事后，娘望着我们兄妹三个阶梯似的排在她面前狼吞虎咽抢吃狍肉，心痛得直唠叨。爹倒好，不仅不认错，还跳起来指着娘的脸骂："矩不止，不可方；规不正，不可圆。肉少吃一口人能活，脸面撕破，人活着就少了那点意思，你这苕婆娘懂啥？"

娘被爹骂怔在原地半天。结婚十几年，这是爹第一次朝她动粗发火。她看着还在抢着空碗舔的三个儿女，抹着眼泪跑进内屋哭了整整一天，从此一急眼就老实坨老实坨地骂爹傻。

听娘这一骂，我愈发感觉到他们有事瞒着我。医生一早交代过，爹的腿脚只能适当在平地上活动，绝不能攀岩爬岭。

我决定返回一趟。

到家时天近黄昏，昏昏的天像口倒扣的大锅盖着村子。爹不在家，娘说他出门溜达去了，我跟问这么晚还上哪溜达，娘低头不语，随后岔开话题："春，你在厅里歇歇脚，娘去园里摘把菜就回。"

我决定去找爹护农小组的那些老兄弟问问。去德叔家，只见大门紧锁。去坤叔家，也不见他的人。半路遇上刚从潘河洗菜返回的坤婶，她说："北岭的红薯地大片大片地被山猪糟蹋，你坤叔他们一起去赶山了。"

我最担心的事终究还是发生了！

一路小跑回家找柴刀准备进山找爹，刚进北岭的山道，我就看见一个灰色的人影在岭口悠闲地踱着小步，他曲着的右手攒着一杆明黄色的旱烟杆，嘴边袅袅地腾着烟雾。我急步上前，灰色的背影转过身朝我招呼："春，你怎么来了？"是爹。他的话刚落，指指路边一只还淌着血的山猪："你小子今天有口福。"我顾不上招呼，忙俯身察看爹的脚。爹呵呵一笑拔开我的手："我又没进山，你小子急咋咋的紧张么事？"

我不解，指指地上的山猪，爹一笑："你坤叔他们猎的，还有一只更大的进了阱套，他们去抬了。"

　　"那你……"

　　"我啊？你德叔他们见我在家闲得慌，每回赶山就请我一起来守围口，说是守，也不过是坐在路边抽抽烟，溜达几圈。我这帮老兄弟啊，就是想照顾照顾我也能得到份子肉！"

　　我松了口气，直埋怨娘不对我讲真话。爹听后哈哈大笑："你娘啊？她才不好意思。"

◀ 关赖子

鱼塘毁后，关赖子开始上访。

同样因为修路鱼塘被毁的椿子劝他："赖哥，这样来回折腾的没啥意思。"

关赖子听了，穿着皮鞋的脚往地上狠狠地蹬了蹬："那咋行？我要我该得的，再说人家不差这点钱。"

去的次数多了，信访局位于行政服务中心的那幢楼，每层有哪些部门，每个部门有几间办公室，他熟悉得如同自己的掌纹。

负责信访接待的大刘初见他时，很客气地端茶倒水。关赖子一肚子委屈，似找到了亲人，没开口说话眼睛就红了："我那三十亩鱼塘啊！草鲤鳙鲫正疯长，高速修建收费站说填就填了，鱼捞起来时才巴掌丁点大，哪卖得起价？当时填塘村里说有补偿，中建公司也说有塘补。我想吧，这国家的建设咱得支持嗒，政府不坑咱老百姓对吧？"

大刘在一旁连连点头："那是，那是，亏谁也不亏咱老百姓。"

说完赶紧给关赖子的杯里续上水。

"补偿款统一下来的时候，鱼塘每亩给了我两千……"说到这里的时候，关赖子喘着气，脖子青筋凸起，眼泪大滴滚落，"刘同志啊！我全家一年到头吃喝拉撒的开销全在塘子里，光说我那娃吧，大学半年的费用都不止这个数……"话没落，他趴在桌子身子一耸一耸大声恸哭起来。

大刘陪着抹完眼泪，第一时间把关赖子的情况向领导作了汇报，又数次电话跟踪事情进展，后来经多方协商，中建公司另外拨补了两万元。

关赖子接过钱，对大刘千恩万谢地走了。

这事过后不到三个月，关赖子气冲牛斗般又来找大刘，因为他听村里人说，像他这类情况，地皮加鱼塘赔偿其实一次性能拿到十几万的。他说："刘同志啊刘政府！上次得多谢你帮我拿到塘补，可是，儿子快开学了，老伴又生病了，我这日子怎么过？"

大刘为难了，填塘建路的赔偿，怎么赔如何赔偿上头都是有规定。中建公司已经补到了最高额了。

见大刘婉拒，关赖子一拍桌面，脸一仰脖子一梗像只发怒的斗角公牛："你今天不管那我明天来，明天不管我后天来，下月要是再不管，那就我去市信访局去省信访局讨说法！"

第二天，关赖子赶在大刘上班前直接上了三楼的信访接待室，自己倒茶，自己搬凳坐等大刘。

快下班还不见大刘人影，门卫说："刘科长出差了。"

"刘同志出差了？怎么昨天没说起？摆明了就是想躲我吧？

那好，我刚好在城里没落脚点，刘同志既然不在，我借他的办公地落个脚顺便等他。"直把门卫听得一愣一愣的。

关赖子每天踩着点来行政服务中心，累了在接待室伏着；无聊了去隔壁办公室串串门子；饿了就下服务中心门口买俩包子，直到大刘出现。

大刘说："跟我去民政局签个字吧！上面了解过你的家庭情况后，民政帮你申请了一笔特困补助，别老闹了，拿上这笔钱重新起口塘吧！"

关赖子接过钱，"嗯嗯嗯"连连答应着走了。

又过了半年，关赖子趿着拖鞋来行政服务中心找大刘。这次门卫拦着了，让他先登记。关赖子哪肯，和门卫大声吵起来，推搡中门卫不小心踩上他的拖鞋，关赖子摔倒崴了脚。

关赖子越想越气，自家的地皮没了，鱼塘没了，可人家的收费站一天到晚哗哗啦啦收钞票，去上访还让一个小门卫欺负。想来想去，关赖子决定多找些人手来信访局讨说法。

关赖子丢了那双被踩坏的破拖鞋，光着脚底去找椿子，椿子不在，椿子媳妇说："他干活去了！"

"在哪？"

"高速站口附近忙活呢。"

高速站口，平时只留意到几个窗口都忙忙碌碌地收钱，没注意站口处不知几时多了一条小岔道。往里走，远远看到一片宽阔的水域，椿子在堤上固泥。

关赖子吃惊地看着椿子问："你几时起的塘我咋不知道呢？"

"补偿款给我后就建了。赖哥，当时就劝过你跟我一起再挖口塘的。"

"收入怎么样？"

"还行吧。养的都是鳜鱼，剔除鱼苗钱，今年估计这个数。"椿子竖起两根手指。

"两万？"关赖子一脸不屑地挑挑眉。

"哥，你再加个零！"

关赖子听完一屁股跌坐在塘堤上，凉泥巴糊满光脚丫，半天回不过神来。

◀ 九庆寿

正月初八，赵六爷满七十岁。

鄂南风俗，做寿庆虚不庆实，所谓庆虚，就是要提前逢九做，且"九"与"久"同音，有长久之意。

逢九做寿还有一说，据传与《三国演义》里的赵颜借寿有关。神卜管辂为赵颜占卜，说他眉间有黑气，三日内必死，赵颜哀求，管辂让赵颜趁主管生的南斗星君和主管死的北斗星君弈棋之际，献上美酒和鹿脯，吃人嘴软拿人手短，星君只得在生死簿的十九岁之前加了个"九"字，赵颜因此活到了九十九岁。

这个故事六爷常拿来讲。每讲完，他会转脸对儿子宝山说："赵颜姓赵，真三国，假红楼，这是咱老赵家的真事哩，逢九做寿，星君受了人间寿宴上的酒肉喜气，借寿就成功了！"

听的次数多了，宝山怼了六爷一回："老迷信，长不长寿要依靠科学的。"

六爷不开心了，把宝山一通臭骂。

过完六爷六十九岁生日，宝山试探着把做寿的事提了提，六爷很开心，说等春节亲戚们都歇在家了大办，人多热闹。六爷喜热闹。

腊月一进，六爷拿着自己的年庚八字，请阴阳先生把日子定了，鼠年正月初四。六爷对宝山说："隔我满生有四天，正好跨九进十。"

猪年的小年饭后，宝山正式通知所有亲戚。接着订乡厨，定摄影，六爷都逐一叮嘱。六爷爱听黄梅戏，宝山特地托人找文化馆，初四订一台《蓝桥会》……等这些忙得差不多，父子俩去镇上，把满满的一车瓜果菜蔬拉进屋，年也近了。

腊月二十八，一条爆炸性的新闻传出来：因冠状病毒肺炎，六爷所在的省城封城了。第二天，六爷所在的市封了，县也封了。那一整天，六爷闷闷不乐地坐在火炉边，不说话，也不动碗筷，宝山小心翼翼走到六爷跟前："爹，听说各村也封了，您这寿……怕是做不成…"

"咋就不能做？我活了近七十年，没听说还不准做寿的。"

"爹，这病……钟南山说人传人！"

"我管他钟南山钟北山，我做我的寿，妨着碍着他么事了？我就知道你小子没安真心给我庆寿！"六爷瞪了宝山一眼。

见六爷真动怒，宝山忙不迭地接口："做，做，孙子才不给您做！"

"孙子才不给做！"六爷手里的拨钳随着口里的话一起把火搅得噼噼啪啪的。

宝山憋了一肚委屈，打开鸡棚，闷声杀鸡，烧水褪鸭，又叫妻子去喊亲邻来帮忙剥鱼炸丸子，泡糯米打寿糕。外屋热火朝天地忙，六爷在内屋的拨火钳声才渐渐平缓下来。

热热闹闹的寿宴准备得差不多了，热热闹闹的年也来了。大多时候，六爷窝在火炉上边烤火，间或，他翻开手中的智能手机，查看些新闻。看着看着，六爷的话越来越少了。

正月初二，村里老支书一早上门了。

老支书一进门扯着大嗓门喊："老哥哥，你不是让宝山取消了吗？我报上去后书记还夸咱呢，怎么疾控中心昨晚又问这事啊？"六爷看着故意背转身对他的宝山，狠狠睨了一眼。老支书又说："取消是对的，人传人可不是好玩的，咱村隔镇近，一旦有人感染，全镇都麻烦。"

老支书一走，宝山犯愁了，十几桌寿宴的菜堆了半屋，怎么办？家里的冰箱早塞不下了。

六爷递上一叠口罩："戴上口罩，每家送点，旁边的卫生所多送些。"宝山接过口罩，看看口罩，又看六爷，一脸茫然。

年初四晚，宝山从楼下冲进厨房："爹，快，快，微信群信息！"

六爷打开手机，这是村里新开的一个微信群，满屏都是@他的信息：

"六爷寿比南山！"

"赵大伯，福如东海！"

"六爷爷，我们给您唱支黄梅戏……"

……

群里不停有人在加入，不断有人发红包，满屏的语音，当六爷听到镇书记表扬他带头取消宴席的语音传来时，六爷彻底懵了，懵了的六爷说了句："我咋感觉自己比赵颜还牛呢？"

宝山捂嘴偷笑，六爷看着宝山，意味深长地回了一笑。

群信息还在闪跳，祝福语，红包，歌声，音乐，从晚六点一直闹到十点。群安静下来后，六爷打开手机上的通话记录，找出前几天拨出的一个号码，删了。

那是县城疾控中心的举报电话。

"没这点觉悟，六爷还叫六爷！"六爷喃喃着，"要不是你小子话赶话，我至于这样吗？"

◀ 刘一刀
·····················

刘益道在电话里约方谦喝酒。方谦话里话外话都是难以置信的惊讶，他说老同学，你这个大忙人不年不节的怎么突然请我喝酒？

刘益道说，想跟你比比酒，不行吗？

方谦笑了，说你大领导怎能忘记我家早前是开酒坊的呢？我可是趴在酒罐边喝酒喝大的，酒量自小就人称"方一桶"，你还敢与我比酒？

你就吹吧，那我还"刘一刀"呢。晚上七点，老地方大排档见，就你和我。刘益道说完挂了电话。

晚上七点，一对老同学在老地方如约碰头。一见面，刘益道拍拍手中抱着的陶钵说，你这张从小挂了标尺的酒嘴得好好来打个分。说完打开陶钵封口，一股酒香扑鼻而来。方谦忍不住叫了声：好酒！

当然是好酒，不然也不会请你喝呀。

酒过三巡，刘益道开口约方谦去百洞峡旅游。

方谦又是一脸的难以置信，他说老同学，百洞峡我是知道的，那是一处形成于寒武纪时期的天然溶洞，听说景区的环、游各方面都做得不错，我们单位正在计划时间去考察。但讲到旅游，按说该我来请你，怎么反倒是你请我来了？

刘益道神秘一笑，去过，你就知道了。

阳新百洞峡，坐落在鄂赣交界之地，洞内有洞，洞上叠洞，如卧龙盘旋，遍布的钟乳石玲珑别致，峡谷溪水清澈，汩汩流淌透着一股初夏的清凉，峡谷溪水之上的廊桥相依，让方谦和刘益道直呼神奇。出了洞口，刘益道拉着方谦在洞外的游客景点逛起来，逛完洞口，刘益道又拉着方谦去了周围的村落转。

看了景区内外人头攒动的游客，再看景区周边村庄的一排排小别墅，刘益道问方谦：我们那天喝的酒，若是这处所产，若是摆在这儿的景区售卖，你觉得会如何？

那肯定好啊！地方特色，地方文化，可以打造成系列品牌，那可太得劲了。方谦脱口而出。

刘益道含笑点头。

方谦乜斜着眼睛看刘益道，你到底玩的哪一出？那酒不是我们当地所产吗？酒还没有品牌效应，我们隔这里山长水远的，你打算弄过来这？能划算吗？

不划算。

不划算你还有这想法？

回去后，我再带你去一个地方。刘益道又是一脸的神秘。

返回庆城后，刘益道带着方谦去了他包保的村子小杨庄，刘益道指着村庄后面连绵逶迤的山脉说，有村民无意中在这后山的山洞里发现了溶洞，我请勘察专家来看过，里面与百洞峡类似，也是个大型的天然溶洞，至于多大的价值，得你这个旅游方面的行家来定夺。

方谦眼前一亮。

但随即一本正经地故意板脸：好你个刘益道，绕了这么大的一个圈子，就为了来摆我一刀？那你这一刀也够狠的嘛。

刘益道大笑，我这不是为了小杨庄的打造更有说服力吗？

说吧，是不是收了谁的好处？方谦打趣道。

倒是真收了。小杨庄的水好，几乎家家户户都酿酒。上次那酒，就是我包保户自家酿的。我购买的时候，听说我是请你喝，硬是多送了我一酒勺。

两人相视大笑。

转眼半年过去。双方在各自的工作岗位忙碌。

方谦的电话打进来的时候，刘益道刚参加完春季防洪抢险归来，高一脚低一脚地踏着暮色，走进居住的老式旧小区。这阵夜深突兀的电话铃响，刘益道连着几日忙碌带来的疲倦困意，也给这铃声叫醒了三分。

方谦说，老同学，这么晚来电，我实在是忍不住想把好消息分享给你。小杨庄的旅游立项通过，成为市里的重点旅游项目，第一期工程即日启动，正式文件随后下来。只是可惜，项目市里直接接手，跟你们地方的关联不大了。

怎么会不大？方谦，你还记得庄子的逍遥游吗？刘益道问。

上大学时，老教授常挂在嘴边念叨的。庄子说至人无己，神人无功，圣人无名。无为之学，哪能不记得？

我将无我，我为人民。这也是我来镇上履职时所说的话。你们把旅游做出成效，就能提升我们镇上的就业率，带动当地的经济，我们的酒水趁势向上推，往外推，这一方的老百姓就能过上好日子，功成不必在我，功成有我就行。

好你个刘益道，深藏功与名啊。不过，这样的你，真正是党和人民的一把利刀！

电话那端的方谦肃然起敬。

◀ 虫　子

　　每个黄昏的落日，太阳就像一只苍黄的篮子，漏向屋子里的光破碎且杂乱。看到这些光，窝在床上的老区就感觉耳朵里的虫子醒了，它们开始爬向他的脑部，向喉肺，向身体的每一处游行。

　　大约在一个月前，老区在午睡中梦见有虫子爬进耳朵，醒来的时候，感觉耳朵很痒，似乎真有什么东西在耳内爬动。

　　妻子秋瑾喊他做康复时，老区提了一嘴。

　　秋瑾很紧张，当即找来棉签，打开手机电筒检查。怕房间的光线暗，怕自己眼花看不清，秋瑾在儿子下班后，特意把老区抱进轮椅推向太阳下查了又查。儿子再三确认耳朵里没有虫子，秋瑾用棉签蘸了过氧化氢给老区掏耳朵，连没有痒的那只耳朵也给掏了掏。

　　那天因此没有做康复。老区掏过之后的耳朵不痒了，虫爬感消失，这事似乎就这么过去了，一家人谁都没往心里放。

　　秋瑾还是每天用轮椅推着老区去做左肢康复——三个月前一

次摔倒，老区中风，导致左肢偏瘫。每天去练习，老区非常不愿意，他觉得自己已经是废人，这样做纯属瞎折腾。

再次感觉耳朵里有虫子爬动的时候，还是准备出门做康复前。

事情是这样的。有午睡习惯的老区醒来后，在枕头边发现了两只虫子，丽金色的壳，黑色的触角，它们被老区抓在手里时，各自的几条小腿还在张牙舞爪地挥动。

老区捏死虫子，秋瑾在喊要出门的时候，耳朵就开始痒了。

"看来，这次是真有虫子爬进耳朵了。"老区对秋瑾说。

看过僵死在床头的虫尸，秋瑾立即打电话让儿子把老区送到医院。耳鼻喉科的医生看到纸巾包裹的虫尸，又检查老区挠得红肿的耳朵说："耳道里没有虫子。"

"有没有可能是爬进去之后产下虫卵了呢？"老区紧张地问。

"不会。就算真有，在耳内窥镜下都能看得清。"医生说得很果断，"你的耳道只是些微充血，可能是上火导致，以后的饮食清淡些就好。要是不放心，我开些药你们回家冲洗。"

饮食是真的清淡了，以前的两荤一素改成了三小素菜，老区的嘴巴变得寡淡寡淡的。每次去做康复，老区就感觉耳朵里的虫爬感来了，甚至感觉到头部和喉咙都有虫子爬动的痒感。

在老区的要求下，换了家医院检查，医生说，连耳道内的充血都好了。

老区再说耳痒有虫子的时候，秋瑾站在门边无奈地看老区。

随后老区的控诉次数越来越密，控诉的分贝越来越高，一次又一次地闹腾着看耳朵。

老区再一次提议秋瑾让儿子送他去医院看耳朵时，秋瑾无奈地怼了句："我看你啊，真得去瞧瞧心理科。"

老区就在这一刻爆发了他的隐忍，训练的艰辛，虫爬的隐忍，耳痒的隐忍，还有怀疑秋瑾撺掇儿子对他冷漠的隐忍。这么想的时候，老区艰难地爬起来，右手抓起木拐砸向秋瑾的后背。儿子回家正好看到这一幕。他怒斥老区过后，把老区抱回床上，转动钥匙顺手反锁了门。仍处在愤怒中的老区在听到这声"咔嚓"的钥匙转动声之后，呆了。

老区终日蜷缩在床上不动，记忆也随之模糊，有时连上一餐在什么时辰吃的也开始模糊。在老区陷入模糊的时候，秋瑾痛苦地握着老区的手。

实在饿的时候，老区挣扎着爬起来吃几口，然后再次把自己掩进被子里。在每一个黄昏落日到来的时候，任那些破破碎碎的光漏在身上，忍受着那一道道虫爬的痒感，向脑部，向喉部，向身体的每一处摧枯拉朽般入侵。

又一个落日的黄昏，模糊中的老区看到秋瑾站在床前看他，看到老区睁开了眼，秋瑾说："你这样子，像不像一只大虫子？"

老区又一次爆发了他的隐忍，他挣扎着爬起来，双手的拐杖砸向秋瑾逃离的后背。

秋瑾一怔，若有所思。

"你挥舞的棍子，也像虫子的触角。"秋瑾又进来了，她看着蜷缩在被子里的老区说。

老区紧了紧手里攥着的那根黑色的木拐棍，他又努力爬起来，拐杖砸向秋瑾逃离的后背。

"来吧，再来。虫的壳子，都比你的身体来得坚硬。"

"你那两条软绵绵的腿，塌在被子里多像虫的爬腿。"

······

秋瑾的每一声讥刺，总不离虫子，虫子，虫子······

一天又一天，老区都是紧绷地等待，他似乎忘了痒感，每次都是秋瑾的话刚落，老区就挣扎着爬起来向秋瑾掷拐棍。老区刚躺下，秋瑾又会趸进来，对他发出讥讽的声音。

如此反复。

黄昏落日再次降临，那些破碎的光又一次漏在床上，老区的身体被染成了一道道金黄色。秋瑾又来了，讥讽刚出口，老区下了床，抓着手里的拐棍准备挥向秋瑾。

这一次，秋瑾没有像以往那样逃离。

她突地泪流满面，连续半年棍下逃离以来，她第一次流泪："双手能动了······脚，终于也可以下地了！"

周围静了，一切静了。

老区发现持续折磨了他半年多的虫爬耳痒感竟不知何时消失了，只有他手中的拐棍落地突兀的"叮当"声在房间回响。

"你这样一次次激怒我，并不是嫌弃我？"老区哆嗦着嘴问。

"说什么傻话呢，我们几十年夫妻，一起经历了多少难关······你最佳的恢复期有限，我是真的想不到别的方法了······"秋瑾的哽咽声没落。老区一把抱着秋瑾，像个孩子般号啕大哭起来。

◀ 我们的生活方式

　　李清花看完印度电影《厕所英雄》后，决定也为自己家的厕所来一次改革。

　　当然，她的处境和电影里的加娅是不一样的。印度加娅不能忍受女人的如厕只能在凌晨时提着一盏小马灯去野外进行。中国李清花则认为现在人的生活水平高了，各方面的配备也需要与时俱进，自家那个连着主厕的阳台太大了，如果与主厕所合并，可以扩改成一个宽大的衣帽间，左侧放鞋子，右侧挂衣服，中间处再设计一个有特色的宽大穿衣镜，最好还可以带吧台的那种，选衣服试鞋子累了，还能坐下来听听音乐，喝喝茶。

　　其实李清花有这种想法也并非一天两天的事。

　　小姑生了孩子后，婆婆就一直在那边带小孩，顺便帮小姑打理家务。

　　小姑家的房子很大，小姑家的厕所也很大，小姑宽大的衣帽间就在厕所旁，小姑的衣帽鞋袜都码在那里。最让李清花欢喜的是那个红木雕花的镂空穿衣镜，古香古色的镜身，洁白的镜面，精致得让每次去看婆婆的李清花羡慕到嫉妒，偏偏小姑爱对李清花臭显摆，显摆那些鞋啊衣服啊什么的，有时还故意挑三拣四地说，衣帽间如果是她自己来打理，一定会更漂亮。

每次去看婆婆，婆婆都在属于小姑的那方天地里忙碌，婆婆的手随抹布动，本身明亮的镜面就更剔透，镜边镂空的立体花便有向你一种清香扑面的错觉。李清花把这感觉说与丈夫吴平听。吴平说，如果都按照自己的思维走，我还想多要一间起居室呢。

为什么不能想呢？女人就不能让自己的生活更精彩吗？婆婆是小姑接去的，小姑家那一幢三层的别墅，再添上他们一家四口是足够居住的。见吴平脸色不悦，李清花兀自叹了声，强压着话头。

看完《厕所英雄》后，李清花埋藏在内心深处的火苗再次点燃，她觉得吴平非常有必要向加娅的丈夫科沙夫看齐，自己白天需要光鲜地面对公司的客户，怎能连一个体面的穿衣间也没有？她觉得有必要把这个话题与吴平摊上桌面。

吴平仍然持反对的态度。他说，"这个衣帽间咱先不说改建要花多少钱，这样属于违建的你懂吗？"

李金花连忙解释，"我去物业咨询过，负责人过来看过我们的房间结构，在不影响主墙的情况下，我们写一份申请就可以着手装修了。"

吴平说："还要写申请？为改装一个厕所写申请！我认为真的没这个必要。"

"我认为非常有必要，这相关到我的生活质量。"

"你完美的生活观就是自私！"吴平说完摔门而出。

李清花决定请婆婆助阵。

才到小姑家门口，就听到小姑在屋子里大喊大叫："妈，你怎么老记不住，又在我的镜边插上这些你喜欢的乱七八糟的花，可这是我的镜子，你得尊重你女儿我的想法。还有，这鞋子打油过后要用软布拖拖才亮的……"

婆婆看着李清花，一脸无奈地摇头苦笑："哎，这闺女，从小被我给惯坏了！"

李清花怔在门边看着一年比一年苍老的婆婆，吞吞吐吐讲完了自己的想法，婆婆果断地说："这就是吴平的不对啦，女人就要有自己喜欢的生活方式。"

"妈……您支持我？"

"在这个问题上，妈是坚决支持你的，如果钱不够，妈这还有……"

"不，不，有妈在言语上的支持就足够的。"

请回婆婆的支持票，吴平默许了。

李清花向公司请了假，风风火火去了建材市场，请师傅设计，测量，购买材料，并对家中的两个厕所同时进行改建，在吴平一天又一天沉默又异样的目光中，李清花的衣帽间很快竣工。

李清花决定为自己改建的衣帽间来一场重大的仪式。

她让吴平和上学的儿女都请了假，又特意去了小姑家接婆婆。衣帽间的竣成，如果没有婆婆的鼎力支持，一定会再次胎死腹中，这场仪式，婆婆应该是主角。

还是那套三房两厅两厕的房子，原本偌大的阳台半边连主厕成了一体，进门是个小小的衣帽间，再进便是一间卧室，虽不大，但窗明几净，布置的非常精雅。

在婆婆错愕的目光中，李清花又把婆婆拉去了自己原先的卧室，一脸春风的得意，"妈，我把主卧里的厕所改了门向，以后做咱家的主厕。原来的化妆台撤了，床换小了，空出来的位置呢，哈，刚好够拼成一个小衣帽间的。只是，合起来都比妹妹家的小了一号。"

婆婆说："不小，不小了呢。被你这么巧妙地一布置啊，很温馨哟。"

"真的吗？妈，那您喜欢吗？"

"喜欢！"

"妈最喜欢哪间，以后您就住在那间！"

婆婆惊喜地一怔："你……是要我搬回来吗？"

"对。妈，以后镜子上是挂兰花，还是插桂花，都随您喜欢，布置上有哪里不喜欢的，咱俩再去换，女人就要有自己喜欢的生活方式，这是您说的。"

一旁的吴平怔过之后，挽着儿女，早把眼睛眯成了小月牙儿。

◀ **SOS 德巴金**

救护车走后，轻顺感觉衣服的热浪乱窜，贴在鞋底的脚，黏糊糊的，脱下迷彩军装的那刻，脚下多了一摊水。

借着路灯微弱的光，他深一脚浅一脚地踩着雪，往人武部驻村扶贫工作队的宿舍走，隔着两米的距离，轻顺停下来，他看见庆嫂站在门口。

"庆婶，这么晚还没休息？"

"你晚饭还没吃，我有点放心不下。人送走了吗？"

"送走了。两个！"轻顺叹了口气。

庆婶手脚麻利地热好晚饭，轻顺道了声谢，准备端去自己的房间，见庆婶站在原地欲言又止。轻顺停了。庆婶拉拉口罩，轻咳几声。轻顺的心一紧——村里的第一例新冠确诊送走后，已从村卫生室退休的庆婶，很坚决地以老党员的身份申请加入驻村抗疫队，每天在隔离点帮村民做体温测量。

"没事，我只是慢咽发作。九相的德巴金快没了。"

"庆婶别急，我明早就进城，丽梅家的孩子要奶粉，刚好德叔也要高血压的药，我一起捎。"

"可是，小徐，往县城的路，沿途都设了路障，你怎么去？"

轻顺深吸一口气，对庆婶说："婶，您别急，我来想法！"

返回房间，轻顺挑了根红菜苔，但是感觉是苦的。米饭入口，也感觉很苦，便放落了碗。

天刚亮，轻顺戴好口罩，骑着电动车出门。

进城的路，沿途都设了路障，大树或者圆木，有些地方甚至堆的是大石头。每过一道卡，轻顺都得掏出通行证先做登记，然后很费力地半抬，或半推着车才能通过。接近县城路障时，他脚下的胶鞋打滑，等他挣扎爬起来时，半身已湿漉漉的，手也蹭出了血。十五公里的路程，他硬生生地骑一个多小时才进城。

买好奶粉，庆婶的电话来了，里面传来她急促的声音："小徐，进城了吗？九相的病再次发作，手脚抽搐持续了半个小时，最后的两粒德巴金喂下去全吐了，得准备针剂才行，但针剂只人民医院有。怎么办？"

轻顺一怔。

电话庆婶那头传来混乱的喊叫声，庆婶急急说了句："快，快，别让他咬到舌头……"电话已是一片忙音。

买完高血压的药，轻顺发响电动车往人民医院赶。在大门口，他被拦住了，护士哑着嗓子喊："发热病人请先排队登记！"

"我体温正常，才做过核酸……"轻顺的话没落，护士半吼起来："正常的你还跑这干嘛？这是给新冠病人的专治医院！"

一抬头，她看到轻顺胸前的防疫通行证，口气温和下来："您是哪单位的？"

"我是人武部驻慈口村的第一支书，来帮村民取癫痫药德巴金，很急！"

看着湿漉漉的轻顺，护士说："德巴金是处方药，得病人的主治医生才能开，知道是哪位医生吗？"

轻顺摇摇头说："稍等，我打个电话问下。"

庆婶的电话无人接通。打去值班点，占线中。轻顺站在医院门口，一筹莫展。

"能帮我接急诊的朱主任吗？他昨晚刚从我们村带病患过来。

"您稍等！"

等待的过程，庆婶的电话还是无人接听。

"徐支书，怎么是您？"朱主任裹着笨重的白色防护服从院区出来，隔着一道安全门，他停下来。

"朱主任，二组隔离的村民中，有位癫痫患者去年才做胶质瘤手术，他近日癫痫发作得很频繁……"轻顺一口气讲完，朱主任沉吟片刻，说："您别急，我来想法！"

漫长的等待过程中，庆婶的电话仍然无人接听。

朱主任再次出现，轻顺从护士手中接过药袋，绷了许久的心才松下来，他跨上电动车的时候，才感觉到除了手肘，腿部也是火辣辣的，很痛。

一骑电动车朝慈口村急速行驶，轻顺的后背落下了两道温柔的目光，直至他的迷彩灰色的背影渐渐消失……

◀ 桔子，我最亲最爱的桔子

陈皮爱喝酒，喝醉了喜欢打电话找桔子说话，没完没了。桔子呢，笑眯眯地随陈皮絮絮叨叨说。临挂电话，陈皮会撸撸舌头使着劲对话筒喊："桔子，你是我一生最爱的女人！"

电话那端听的桔子眼睛会眯成一朵花，一朵含着苞打着朵儿的花，她听完陈皮讲话，会压低音量，软慈软慈地问："陈皮，说醉话了吧？"

陈皮把舌头撸得更直了："没醉，老狗才醉呢……"

桔子举着手机哭笑不得，光阴在这酒醉的情话里摇摇晃晃，晃晃摇摇中过了两年。

喝醉了的陈皮有时讲完电话，会一路小跑去桔子的楼下，再拨通第二个电话："桔子，我看见你家楼上的灯了。"

桔子走到窗边，支开窗，拔开垂着的百叶帘，看着楼下的陈皮被路灯拉长得东倒西歪的影了，心疼地说："陈皮，傻陈皮，你怎么又来这了？站着别动，我送你回家！"

桔子骑着小摩托，把陈皮送到他位于阳明山的别墅门口。大多时候，陈皮又执意要送桔子返回，两人争扯着，最后都在桔子佯装生气中收场。等桔子骑着她的小摩托车，嘴角上扬着笑，任风把她的后衣刮得扑哧哧作响，到家已近凌晨。

陈皮跟桔子在一起的时候是坚决不喝酒的，滴酒不喝。他喜欢带着桔子，去尝试各种特色小吃，或周末自驾去周边玩。桔子还是和最初一样坚持 AA 制，她说这是一个女孩儿的自尊。陈皮听完抱着桔子，紧紧地抱着说："桔子，你是世间最自立最完美的女孩，我一定会好好珍惜你。"

仲夏的时候，桔子所在的进出口公司因疫情导致资金链断裂，倒闭了。在找到新的工作前，桔子第一次主动找陈皮，她把陈皮一个人独居的小别墅收拾得一尘不染，然后轻轻挨着陈皮坐下，一脸感慨地对陈皮说："有家的感觉，真是好呢！"

陈皮弹了弹才买的真丝裤："有家好吗？我爸妈各自忙，很少管我，我也不觉得哪好啊，倒是桔子，有你的日子，才真是好呢。"

桔子眯着眼望着陈皮："那，我们……"

"好球！桔子，一会我们去哪吃饭？"挽着桔子肩膀的陈皮眼睛盯着电视，精彩处击了一声大腿，桔子一怔收了口，随即转了话题："我们自己买菜做吧，省钱又环保。"

"自己做太麻烦。沙北路新开了一家蟹粥城，我早就想去了。"

桔子悄悄打开她的微信钱包，说了声："好！"

陈皮喝醉了还是喜欢给桔子打电话，打完电话一路小跑傻傻地站在桔子出租屋的楼下，仰着头，看桔子楼上的灯。

很多时候，找了一天工作满是疲倦的桔子会走到窗边，对着电话里的陈皮说："陈皮，你回家吧，天不早了。"然后合上手机，下楼跟在陈皮后面，看着前方的陈皮东倒西歪地撑着风一路晃回家。

陈皮再给桔子打电话时在一个雨夜。

陈皮说："桔子啊桔子，你是我一生最亲最爱的女人！"

桔子没出声，过了很久她说："陈皮，能成熟些吗？"

陈皮有些生气了："桔子，我都28岁了，早不是小孩好吗？皮具厂的生意在我经营下好着呢。"

桔子叹了口气，默默合上手机。一个叫"木瓜"的电话此时钻了进来。桔子沙着声刚"喂"一声，电话那边的木瓜一连串的追问传了过来："桔子同学，你的声音不对劲，是不是生病了？是不是遇上事了……"

挂上木瓜的电话，桔子轻轻地对自己说："对不起，桔子……对不起，陈皮……"声音轻得只有自己听得到，轻得能听到泪水落在地上一瓣一瓣碎裂的声音。

房东在傍晚来电话说："桔子，你的房租到期有些天了，要是不想租，就早点搬吧！"

桔子靠在窗台迷糊睡着的时候，陈皮的电话又进来了，他说："桔子，我还在你楼下散步呢，等了两个小时，怎么窗边还是没你呢？桔子，你要是没睡，我们下楼走走好吗？雨中散步的感觉真的好美！"

桔子悄悄站在窗边，看着楼下的陈皮高大的影子被风撕扯得

守候一株鸢尾

晃呼呼的，她抱着自己瘦小的肩膀，任窗边扑扑哧哧的风吹打，打了一个接一个的寒噤。

陈皮再打电话给桔子时，桔子关机了。

陈皮一遍又一遍地拨打，他对着天空哭骂："桔子，你怎么可以说消失就消失？桔子，你这个没有眼光的女人，这世上，没有人会比我更爱你……"

桔子租住的楼层，黑如魅。楼下，只有扑扑哧哧的风伴着陈皮。

桔子是在一个阴雨的初秋去南方的。

那个同样追求了她很多年的叫木瓜的男孩来接桔子那天说："桔子，换个环境试试吧！我没有陈皮的能力好，如果很努力挣到的仍然是面包，我会想法裹上你爱吃的那种奶油。"

◀ 北山红

秋意浓时。我上网搜索旅游攻略。奶奶近期的状态似乎不错，胃口相对上半年，好了些许。前几天，她还让我带着她去集市，买了块红绸布。

我再次提及带奶奶自驾回北山看红叶，这也是父亲多年来的愿望。父亲是奶奶的遗腹子，却因先天不足，出生后腿脚不大利落，年龄大后，腿脚更不如从前。

我把手机上的图片指向奶奶，故意逗她："有人说，北山上的乌桕红叶，是大自然最好的情书，用它的叶子送人，能情定终身。"

躺在摇椅的奶奶笑了。她满是褶皱的脸，在夕阳下泛着微红，见我一本正经地向她要宝逗乐，她很配合地用力缓了缓眼睛，然后说："嗯，乌桕经霜最是红。只是可惜，好景从此无人识。"

"怎么会无人识呢，奶奶您看，网上都把北山这坨地方炒热了。"我翻着手中的旅游攻略继续向奶奶劝攻。

奶奶笑了笑，抬手轻轻摸我的头，一脸的慈爱。

我还在为北山上的数百万株乌桕红叶不遗余力地向奶奶推荐，希望能早日成行。那漫山遍野的乌桕树，阳光下五彩斑斓的红树叶与周围的青山绿水与白墙黛瓦相映成画，要是能推着奶奶的轮椅让她在这金色的图画中走走，该是多么美好的一件事啊！更重要的是，北山是爷爷奶奶的故乡啊，那是个出了很多将军的地方。

"奶奶，我们什么时候返回北山看红叶？"

"等奶奶身体好些，就去。"

奶奶什么时候身体能好些呢？我不知道。自我答应父亲，在奶奶的有生之年陪她回北山看红叶起，每一提及，奶奶总说等身体好些就去。我大学毕业后，她这么说。我参加工作后，她也是这么说。我结婚生子后，奶奶还是这么说。只是这一等再等的，奶奶都快等成百岁老人了。

见我仍在絮絮叨叨，奶奶没再理我，她暗褐色满是皱褶的手搭在椅扶上，闭着眼睛，陷入了自己的记忆，阳台上，只有吱吱嘎嘎的摇椅声回应着我。

父亲有想法让我陪奶奶返回一次北山，是因为奶奶夹在书本上的那枚红叶。这是一枚菱圆形带着小尾尖的红叶，略看起来又像极了一颗心。我小的时候问过奶奶，她说这是乌桕叶，是爷爷摘来给她的。

爷爷和奶奶是在一个秋意正浓的十月认识的。

奶奶说："乌桕是神树。"才开口说话，她脸上带着一丝微羞，这种表情在那时年近七旬的奶奶表情中出现，让当时年幼的我极为兴奋地追根刨底。

奶奶是在北山摘柏蜡（乌桕籽的外皮）的时候被银环蛇咬伤的。柏蜡可以提制"皮油"，这种"皮油"可以制成高端的香皂，或做蜡烛，因此常有人来收。于是一到秋末，奶奶就会漫山遍野地寻找乌桕树，采摘柏蜡维持家用。按说银环蛇在秋末是少出现的，可这条蛇偏偏出现了，并且咬了奶奶一口。是爷爷及时出现，采了乌桕树的树汁，帮昏迷的奶奶解了蛇毒。在这之后，爷爷摘下那年秋季北山上最美最红的一枚红叶写上自己的名字送给了奶奶，同时在奶奶心中种下了自己的名字。

返回北山看红叶的计划被永久延误了！

我终究是没能完成父亲的愿望。立冬的前一日，奶奶躺在阳台的摇椅上晒太阳时安静地走了。

奶奶走后，我在她抽屉的夹层找到了一个用崭新红布包裹的旧木盒子，里面泛黄的《毛主席语录》上夹着一枚火红的菱圆带着小尾尖的心形树叶，正是我小时候见过的那片。我拿起夹在书上的红叶，一枚红色的勋章从书本里滑了出来。

是枚一等功勋章！

我与父亲面面相觑。随之，父亲泪流满面。

七十多年前，奶奶背着年幼的父亲远离故土来延安，在寻找爷爷的过程中，她走破了好几双鞋子。最后，是这枚勋功章，留住了奶奶寻找的脚步，她在爷爷最后停留的地方，带着父亲留了下来，从此没有返回过故土。在此后大半个世纪近八十年的光阴中，这枚被奶奶小心地珍藏着的红叶，装着奶奶全部的思念，对爷爷，对故乡。

在父亲的言说中，我似乎懂了，懂了奶奶一次次看红叶的延期，她心中藏着的，一定远远不止北山上的数百万株乌桕红叶吧。

只是，这枚陪伴了奶奶大半个世纪的红色功勋章，是不是该回故乡了呢？

◀ 海棠红

最初真的是不知道，看着那瘦骨伶仃的一丛长在后院阴角，不见开花，不见抽茎，和满院的姹紫嫣红大相径庭，她自作主张，在婆婆每天离开后，悄悄地把它搬到了院中朝阳的地方。

叶片儿长着细微的斑点，她心痛，守着那丛瘦不伶仃的绿，又延长了不少日照时间。

婆婆爱花，但工作忙，早出晚归的，难怪叶子会缺少光照而发霉。而她，新妇初嫁，上司陈畅，不，应该是丈夫陈畅，有心留她在家多些适应。

叶儿似与她较上了，越是搬来搬去地晒，斑点儿越重，蜷缩着叶，本来就瘦骨伶仃的，此时多了一分耷拉的萎。婆婆蹲在后院，心痛得直淌泪。

半是为了澄清，一半也是讨好，陈畅回家后，一家人聚在饭桌时，她说："这花儿折腾人呢，这些日子一天来回几次移动，而今却是越发萎了。"婆婆眉毛一皱："你搬动晒太阳了？"她讨好地点点头，匙中的汤喝得滋滋作响。婆婆的眉毛拧得更紧，不满地望着陈畅，放下筷子，进了自己的内间。

她的汤匙悬在嘴边，看着同样怒目的陈畅，不知所措。

那丛瘦骨伶仃的祸害最后还是叶落茎枯，婆婆冰冷的脸上不再有笑。陈畅一直责怪，怪她不该多事，他说："那是海棠，不能暴晒，你明知妈最爱是它，却给晒死，真不知你居的什么心。"

她能居了什么心？说到底，在他们母子心中，是自己不如那丛该死的海棠吧。她感到无比的憋屈，很快结束了婚假，找到了离家较远的新工作，并以工作为借口，搬离了这个新居不久的别墅。

忙忙碌碌的新工作短暂平复了她的郁结。

陈畅不时会来找她。她很客气地招待，请一群友人作陪着逛街、吃饭、玩乐。到了晚上，她仍旧硬着心地钻进公司宿舍，留下一个光光的脊背给黯然站在宿舍楼外的陈畅。

直到有天，她莫名其妙地收到了一套野三坡旅游门票，一张以她名字订过酒店的预订单。她怔在办公室内，捏着这套薄薄的门票，始终猜不透。打电话给陈畅，那边很久无人接听，接通后又矢口否认。她有些赌气："当捡来的，不玩白不玩。"并很快请了假，踏上了去保定的火车。

野三坡风景秀丽，难怪一直被人喻为是世外桃源。对着门票中的游玩项目，白天骑马、滑沙、放竹排、坐索道、攀岩。晚上参加篝火晚会，与那些少数民族共舞，她一下子忘却了很多不快，筋疲力尽地回到下榻酒店后倒头便进入了梦乡。

那一晚，她奇怪地感受到一种从没有过的踏实。

一清早的敲门声传来，她惺忪着睡意拉开一条门缝，却意外发现一脸笑容的婆婆端着早餐站在门边。

看到她，婆婆呶呶嘴，顽皮一笑："棒馇粥，营养又有口胃哦，吃完了我当导游带你玩去。"她一怔，疑在梦中，"导游？带我？"从没听陈畅说过，婆婆来过野三坡。

婆媳俩穿过环路进入百里峡，沿着峡壁上的绿一直走，一条哗啦哗啦地流着的瀑布瞬间抛去了外面的酷热，沿路的翠壁兀立耸入云天，狭窄的一线天里面怪石嶙峋，花草满地，尤为引人注目的，是那密密层层的红色花海，一大片，一大片，整座峡壁，似披了一大块红毯。她正奇怪为什么阴峡里会开出这般美丽的花，婆婆开口了："这是海棠峪，咱家后院的那株，是我从这儿移走的。"

她再次一怔，吃惊地望着婆婆。

"这儿的海棠都是野生，你看，很鲜艳很吸引人不是吗？但是，只要离了这片适合它生长的土壤，你多精心，它还是萎靡不振。也难怪……陈畅的父亲会留在这。"

"公公？他不是...."

"多年了，这些花经他打理，还是开得这般的好！"婆婆喃喃着，眼里却尽是温柔，"当初……当初是他执意留在野三坡。我不该和他赌气。回深圳后，陈畅出生，我不许他们见面，可这么多年，我事业做得再好，过得仍是不开心！"

她心一动，望着那片火红的花海，又望向婆婆，沉默。

婆婆又说："古人借花抒情，称它为断肠花。我把这儿的海棠带回深圳栽养……殊不知，植物与人一样都有灵性，幸福在左，我为什么仍执意向右绕着行呢？孩子，其实我还得谢谢你搬移了盆栽，否则我还在执着……"婆婆哽咽着，拉着她的手。

休假结束，她按照原定计划准备返回深圳。

婆婆拉着未曾谋面的公公一起来给她送行，火车渐行渐远，她转头时，看到月台上那对清瘦的身影还在向她挥手。她捂着发红的眼睛，曾经计划了很多，只是没料到，眼泪会成为此行的产物。

◀ 禾雀花开

奶奶病了，时昏时醒，清醒的时候轻轻地唤我的小名，雀儿，雀儿，来奶奶这……

奶奶昏的时候就喊父亲，让他去找七叔公，去讨他欠下的花褂子。

父亲嘴里都每次都噢噢地应着，反着手走出门，沿着村口转一圈又反着手回到奶奶床前轻轻地说："娘，七叔公出去给人凿碑了呢。"

七叔公七十多岁，一个人住在村口的碑棚里，靠给人撰刻墓碑为生，长年穿一件蓝色洗得见白的四兜中山装，圆框的黑边大眼镜，盖着了他的大半个脸。除了撰字刻碑外，他与村里人甚少交道。奶奶让父亲去讨一件查不清年月说不出所以然的褂子，这让父亲很难做，何况奶奶的寿衣一早备好，是娘和姑姑们日夜赶工做的，五领三件一样都不少。

奶奶还是时昏时醒，醒的时候叫我雀儿雀儿。我的小名是奶奶取的，奶奶不识字，她那个年代出生的人，没几个女孩识字，但奶奶却会写雀儿这两个字，写得方方正正的。

奶奶的婚姻是父母包办的，指腹为婚。听说开始的奶奶是欢喜的，但新婚之夜，奶奶却突然在婚房里大哭，直闹腾到半夜。但有一件事很奇怪，爷爷英年走后，所有的人都以为会改嫁的奶奶却留下了，一个人拉扯着父亲和姑姑们长大。

奶奶再次昏的时候又在向父亲提起讨衣服，她为此说话的表情很认真，父亲听完后沉思了一会，立即去了村口。

父亲如何说的我不得而知，他那天很久才回。让人奇怪的是，三天不到，七叔公真的送来了一整套新衣裳，衬褂、棉袍、夹袄、罩裙、罩衫……五领三件全是手工纯棉的。

七叔公送衣服来的时候，站在门口咳了一声，因为长年跟尘粉打交道，他早落下了咳嗽的病根。他咳一下后，立即引来了一连串的咳嗽。屋里的奶奶听到这串咳嗽，长长地叹了口气，屋外的七叔公听到这声长叹，咳得更烈。他涨红着脸离去的时候，眼眶下还挂着一串泪水。

七叔公走后不久，奶奶挣扎着坐了起来，她叫姑姑和娘帮她净身。穿上新衣后的奶奶，枯槁的面上透出了一丝许久不见的微红光润，新衣服青底褂面，绕着藤蔓的一簇簇紫色禾雀花，像极了一群展翅欲飞的紫禾雀，每一只都朝向奶奶，衬得像一幅百雀朝凤图。

几日后，奶奶走了，穿着七叔公送来的五领三件禾雀花寿衣走的。这件事成了我心中的一块不解的谜团。

奶奶归山后的第七天，父亲请来道士给奶奶做头七。趁着长辈忙碌的间隙，我又去了七叔公的碑棚——在我小的时候，奶奶时常拉着我的手站在碑棚前，一站半天。

在一片锤凿交错的叮咚声，我看见七叔公弓着身子正伏在一块青石碑上凿字——故显妣杨门江老孺人之墓。那是奶奶的碑啊！可在我的记忆中，奶奶走后，父亲和姑姑们并未提起过立碑。因为乡俗，人故去一年后的清明才可以立墓碑的。

棚里传出一串的咳嗽，七叔公偻着腰，花白的头发上缀着一层石粉，因为咳嗽，石粉纷纷往落下。咳完他蹒跚着走去石桌喝了口水，看到棚口的我，他摘下满是粉尘的眼镜擦了擦，重新戴上后说："你真的很像年轻时的雀儿。"

"雀儿？"

"噢……就是你的奶奶。"而我，却是第一次知道名叫江淑清的奶奶还有一个名字叫雀儿！

奶奶走后的第二个七日，七叔公也走了！让我意外的是，父亲主动料理了七叔公所有的身后事。

直到很多很多年后，在父亲一次欲说还休的叙述中，我知道了奶奶所有的故事。

爷爷与奶奶指腹为婚，爷爷自小因小儿麻痹症，腿残了。接亲的时候，家里的长辈让爷爷的堂弟我的七叔公代去的，奶奶对七叔公一见中意，七叔公对站在禾雀花藤下的奶奶一见动心。可白天接亲还是眉清目秀的七叔公，到了晚上，洞房里却换作一个瘸腿的男人。奶奶当时哭着闹着要退婚，七叔公红着眼睛跪在新房门口，直把洞房里奶奶的哭声跪得越来越小。

　　我再也忍不住泪水，难怪七叔公终身没娶，难怪奶奶最后的寿衣管问七叔公要。此后的清明，再给奶奶上坟时，我都会在七叔公坟前插上一桠禾雀花，轻轻的。

◀ 爱情向左走

　　很多年后，我仍然记得这样的画面——我和秀笛坐在操场边，四条腿垂晃在墙垛上，四只眼睛同时盯着对面左排的第二间教室，深秋的校园，只有法国梧桐萧瑟的叶片打着卷儿跌跌撞撞扑进我和秀笛怀里。

　　秀笛失恋了。她爱着的那个叫吴斌的男孩如一缕空气，不留片刻语言从她的世界消失了。那段日子，她的师傅那八个平方米的小小裁缝铺，再也关不住秀笛垂着雨布的眼泪。她来找我的时候，外面的秋阳正暖，她却浑身湿漉漉地带着寒意出现在我的小屋门口。

　　在那个没有手机，没有微信，没有 QQ 的年代里，秀笛等不及换上身上的湿衣服对我说："我们一起去找瑞生吧。"

　　我们三人是朋友。我非常乐意陪她到任何有瑞生的地方。

　　那是个星期四的午后，我和秀笛坐在瑞生学校操场边的围墙垛上看他上体育课，瑞生的球打得并不好，但对于我来说，什么都是最好的。我试图以自己的叽叽喳喳让秀筎忘记失恋的不快。

秀筎痴痴地盯着球场，她的眼睛在看瑞生。也许是因为秀筎说过瑞生的眼睛像极了吴斌，也许是因为她沉浸在往事里的目光都是眷恋，才会让瑞生也有了别的想法？那一天，当瑞生略带羞涩走向我们，递给我和秀筎各一支红茶，我看到瑞生眼里，闪过一丝我不曾见过的温柔，还有怜惜。那只是对秀筎一个人的。

这便是我们1997年的故事。很多年过去，我对这个细节仍然过目不忘，但真正刺痛我那颗敏感的心还是后来。

那个下午过后，我一直处于混沌之中，但当秀筎对我说她不想回家，不想面对师傅那关切的目光，她说她一躺下脑子里全是吴斌，另外她想尝试下校门口通宵投影是什么滋味，瑞生只是看了我一眼，随后轻轻地非常果断地对秀筎说："后半场我也来陪你。"

前半场放些什么我脑子完全是乱的，甚至什么时候迷迷糊糊睡去也不知道，当我在一阵轻微的窸窣声中醒来时，睁开的半只眼睛，看到瑞生正轻轻地帮秀筎盖衣服——瑞生肩上还搭着另一件。盖完衣服，他轻轻地帮秀筎捋了捋额前垂下的头发，他的动作很轻，指尖似在触碰某块翠玉，那一刻，我的心碎了，我甚至能听到心底处一声声帛帕撕裂的碎响，我闭上眼睛，再也记不起另外一件衣服是如何搭在我胸前的，我只知道瑞生此后一直坐在秀筎旁边，不时小声地说些什么，眼睛只是偶尔才投向屏幕。

我刚成形的初恋没了。那以后，我消失了整整十年，从此像一只特立独行的猫，和所有的熟人不再联系，昼伏夜出，然后在深夜轻轻地舔自己那不为人知的伤痕与自卑——瑞生在读的学校，曾经是我梦寐以求的殿堂，只是，我已经永远失去了所有停留的理由。

再见秀笳，她已经蜕变得像一块琢过的粉玉，与我仍旧谈笑风生，每提起她和吴斌的过往，唏嘘间有一丝伤感仍挂在眉间。谈起瑞生，她却一直称赞有加。

我非常意外她和瑞生为什么没在一起，可她对我的不辞而别，不依不饶地揪紧不放，她说："你离开后，瑞生几乎问遍了我们所有的同学，他那段时间一直在找你！"

我淡然一笑："那又如何？"

她又说："我那段日子好在有瑞生，否则我真不知怎么才能熬过来。"

秀笳的话对我明显有一丝责怪的，但她如何能懂得我的伤痛呢？尽管多年过去，当我闻听她关于瑞生的这番话，我的心间仍有一丝解不去的愁苦与郁结。以至于我再次产生了想尽快离开的想法。

秀笳已经轻轻拉着了我的手："那个晚上，是瑞生告诉我，他的表哥吴斌是因为车祸才走的！虽然更加伤痛，可我爱他的心终究还是全的。可是你呢？你从头什么都没问过！"

◀ 句号，逗号

那个初冬的早晨，与以往并无两样，但上帝给他开了一个很大的玩笑。

因为受伤，他提前内退，回到苍龙河畔他出生的这个小湾，他以为从此与天鹅会画上句号。

那个早晨，他和平常一样沿湖散步，这是他近年的习惯，沿湖走走，在清软的河风里，能过滤掉那些灰色的记忆。

他就在这个时候听到天鹅叫的。一群天鹅在空中上下翻飞，嘴里发出咕噜咕噜的尖叫。听到这熟悉的叫声，他惊恐地跑向路边的树，俯下身，紧贴着树，双手本能的捂着眼睛。

天鹅的惊叫声越来越近了，他捂着眼睛的手开始在抖。好一会后，声音似又远了，"扑"的一声过后，有什么东西掉进了湖里。周围静了。

他慢慢松开指缝，那只孤独的右眼从指缝处悄悄往外瞄，天上的那一群天鹅不知去了哪，不远的湖荡里，躺着一只白天鹅，它挣扎着，身上的毛，旁边的水，一片殷红。

那是一只白色的天鹅，正淌着血在水里挣扎。职业的本能，他想跑过去救，但片刻又犹豫了。他想起了三年前那个灰色的午后。

他原是特区一家动物园的管理员，专门负责饲养天鹅。小天鹅渐渐长成大天鹅，园子里的铁丝网一次又一次加高、加固，但每每长大的天鹅，还是时有飞走！为此，他承受了不少压力。

为防止天鹅再次逃跑，他亲手折去了那些新来天鹅的左翅，如果无法保持身体的平衡，天鹅是不能再飞的。可是他，却为此付出了惨重的代价。

那是一只被他折去了左翅的黑天鹅，在他再来喂食的时候，突然向他扑来。他摔倒在地，黑天鹅紧追上前，用那折伤刚愈的翅膀拼命地拍打他，他大声驱赶，黑天鹅咕噜着声音后退，等他挣扎着站起来，黑天鹅又咕噜着扑了上前，红色的长嘴巴对着他啄，对他的眼睛啄，一阵剧痛从左眼传来，紧着一股温热的液体也从脸颊流了下来。

他受伤了，重伤，右股骨折，大腿多处皮肤啄伤，最严重的，他的左眼角膜严重破裂，在医院里整整躺了一个多月。

出院后，他带着一身的伤离开，返回苍龙河畔这个叫关沟的小湾。

湖荡的白天鹅发出微弱的叫声，湖里的血，洇得更多了。

再次犹豫过后，他还是除掉了外衣，跳进冰冷的湖水，把那只折着翅膀受伤了的白天鹅抱上岸。这是一只被子弹击中腹部的天鹅。多年的动物园的管理员职业，对处理这类的伤，他并不陌生。

他与天鹅画上的句号改成了逗号。

好在这是一只可爱的天鹅，他从最初的后怕中慢慢回转，把更多的心思，投入进精心的喂养和疗伤中。几天后，天鹅可以下地走路了。一个多月后，天鹅在一次试飞中，再也没有回来。

他以为故事再次作罢，他与天鹅，天鹅与他，再次由逗号变成句号。想想这样也好，两两相负，俩俩相欠，今后谁也不欠谁的。

他恢复了以往的生活节奏，清晨散步，上午去湖畔的菜园子走走，下午划着舟去湖里转转，偶尔上街添置些日常，到天慢慢变冷，越来越多的日子，他眯着失明的左眼，坐在炭火旁打盹。

他是在炭火旁出事的。紧闭的窗子，当他感觉呼吸越来越促的时候，人已经进入了昏晕。他听见敲门声，一下又一下，他从迷糊中缓过来，片刻又开始进入迷糊，反反复复。

当他挣扎着爬到门边，吃力地松开门闩，人已经彻底瘫了。

他再次在迷糊中清醒，只觉得脸上一片清凉。晕乎中他看到天鹅的嘴对着他，一只接一只，每一张黑色的嘴，都伸向他的脸。他痛苦地闭上了眼睛，那个黑色的噩梦又来了吗？

他的邻居，那个爱穿紫色袍子的妇人，被一阵唧啾的咕噜声给引了过来，同时看到了晕倒在地上的他，更让她惊奇的是，那一只只白色的天鹅排着队走去湖边，又排着队走到他的家门口，嘴里喷出的水，一口口洒在他脸上。那个多愁善感的女邻居后来哭着对他说：那场面，实在是太感人啦！

因为二氧化碳中毒，他住院了。七天。

七天后，他来到湖边，深冬的湖，和往年一样，只是似乎变得不一样了——他看见了天鹅。是的，是天鹅，不是一只，不是十只，是一群，一大群伸着长长黑嘴巴的白天鹅。

　　看见他，一只天鹅发出咕噜声，另一只也发出了咕噜声，一群天鹅同时发出咕噜声，它们拍着翅膀向他飞来。

　　他眼睛一热，一股温热的液体从脸颊流了下来，他迎上去，像迎接一群许久不见的老朋友。

◀ 太行山魂

杨茂林做梦了，醒来后好一阵都恍恍惚惚的。

天气预报说，近日有雪。杨茂林听完后，当时嘟囔着骂了一句：什么乱七八糟的，三月的天，还下雪！

三月的天还下雪，对他来说真的是乱七八糟的大事。

他的大事儿在太行山下，在托梦沟里，从沟口到沟底，全是他的宝贝——那弯弯曲曲的十几里，一边是娇俏俏的白，一边是羞答答的绿，连花苞也不甘落后，隔天能见胖上一圈，看一眼都欢喜极了。

以前的托梦沟是啥地方，太行山下谁人不知啊！山有万亩，都是荒岗。除了大块大块的片麻岩，就是成堆成堆的乱石岗，石缝里偶然掺和的土坷垃，夹的都是石灰层，藏不了水，扎不了根，种什么烧死什么。

那个叫李保国的农大教授来了，他说，种核桃吧，薄皮的大核桃！

托梦沟的人就笑；这教授，是读书读呆了吧，祖祖辈辈杂毛都不长的石头山，能种核桃树？做梦去吧！

做梦呢！杨茂林也这么认为。

在李教授的游说下，更多的村民还是半信半疑。但有的村民动了心，穷了祖祖辈辈的托梦沟，有点梦真比没梦强。

那片麻岩山被爆成了一条条的沟梯，别处集来了土。有墒，山能蓄水了，可种下的核桃，还是枯死。托梦沟的人爆坡蓄水，几经辛苦，半截梦随着栽了又死的苗，碎了。

李教授又来了。他说，种植的方法不对，传统踩踏栽培后再浇水的方式，得改。改！他亲自动手，培育了 42 棵核桃苗，为便于分辨，记录，每棵苗，他都吊上了一张特别的扑克牌。

光阴流逝，42 棵核桃苗变成了无数的核桃树，万亩荒岗真变成了万亩核桃林。每到秋季，满坡满树披着绿，果宝宝摘下，剥去皮，"咔嚓"一捏，掰开的都是清香，掰开的都是一车车的生计。

怎么感谢呢？给钱，人家李教授不要；送礼，也不收。人家还说了，他最骄傲的就是让自己变成了农民，再让农民变成他。那就再仔细想想如何感谢吧，可人家却走了！

天更阴沉了，像一口倒扣的大锅盖在托梦沟上，盖在杨茂林的心口上。核桃园的花正开，一串串绿色的小花，随着雪粒儿的飘扬，一朵朵瑟瑟在叶子间，瑟瑟得他的心很痛很痛。

怎么能不痛呢？日子才好几年，现下核桃正壮年，正在盛花期，再这么冷下去，冻害会影响授粉，导致减产，托梦沟又剩噩梦了。

对策不是没想过，旧衣服旧被单搬去了果园，可几万亩的果园呢！杯水车薪。作为负责人，杨茂林不敢合眼，也合不了。但在刚才，他居然做梦了。迷糊中醒来后，他失声高喊：李老师！摸过贴在胸口的手机，摁出那串熟悉的电话号码，"嘟"的一响，蓦然醒了。杨茂林鼻子一酸，挂了电话。

揉揉凌乱的头发，杨茂林努力让自己镇静，让自己清醒。梦如此真实，太过真实了。梦中人说话时习惯性的双掌挥动，激动时的眉骨耸动，还有那熟悉的声音，他一遍又一遍地回忆，之后猛拍后脑勺，拨通了林场的电话，匆匆吩咐后走向外面的柴屋。

果园浓浓的烟雾在白雪中升起，十几里弯弯曲曲的托梦沟像立在虚无缥缈的仙境中。

杨茂林的手机急促地响了，屏幕上的来电显示上跳跃着李保国教授。他一怔，电话里一个熟悉的女音急急响起：小杨，刚看到李老师的手机上有你来电，只一声。我查了天气预报，你那边的气温越来越低，得加紧给核桃园加温！

谢谢郭老师，果园都熏上烟了，温度慢慢在升。

电话那边的声音溢着惊喜：太好了，太及时了！小杨，你也成农林专家了！

握着手机，杨茂林哽咽了：师母，就在刚才，我梦见李老师了，他……他在我梦里说，小杨，快，上园子里熏烟，每坡每梯每行都点上柴草……

电话那端的人，沉默了。

沉默过后，一声长叹传来：你们的李老师，把根扎在太行山，太深，太深了！

◀ **活着的人**
∙∙∙∙∙∙∙∙∙∙∙∙∙∙

　　立冬一过，小吴庄的风就带上了冰刀子，一下一下的，剜得行走的人手上脸上生痛。午饭后，卧床多时的老爹崴着半条腿在孙子国庆的搀扶下巍巍地颤到院墙边，躺在那张早已摆好的摇椅上。背风的院墙阳光很好，国庆搀扶老爹来的时候，那儿已经聚了不少老人和小孩。坐在这片平坦的坡地上晒暖，大半个小吴庄进入眼帘，远处的金沙江若隐若现。

　　这堵半人高的小墙，是孙子国庆特意找人设计，砌起来方便老爹他们晒暖时挡风的矮墙。

　　国庆从外面转一圈返回时，拢在院墙边的人渐渐散了，阳光已西移，老爹半眯在椅子上，发出轻微的鼾声。国庆轻轻地把老爹连同椅子一起撵着阳光挪了几步，尽管非常小心，老爹还是醒了。

　　醒了的老爹眯着眼对国庆笑，露出一排粉红色的牙床——老爹每次躺上摇椅前，国庆都会帮忙取下假牙泡在凉开水中。国庆

守候一株鸢尾

怕睡梦中的老爹给假牙磕了。

老爹抬着满是青筋的手，抚摸国庆的发鬓，"国庆怎么长白头发了？记得你几年前你才这么一丁点大呢，抱在手上软绵绵的，那是我第一次抱这么小的伢子哩。"老爹边说边比画着手。

国庆挠挠头，不好意思地说："爷爷我现在都四十五了呢！"

老爹似对国庆又像在自言自语："国庆都四十五了呢？那胜利呢？"

国庆说，"爷爷，我爹走了，南山上睡着呢。"

"哦，胜利又赖床了。"

国庆摇摇头："爷爷你又糊涂了……那，我大爷爷今年多大？"

"一百岁！"老爹斩钉截铁地说。

"爷爷你又错了。"国庆笑。

老爹喜欢把这个人的事安在那个人身上，最近更厉害。但有件事老爹一直忘不了。

老爹说他一闭上眼睛，湍急的金沙江水就滚入脑海。老爹每次说这话的时候，浑浊的眼神会突然变得光亮起来。

老爹说第五次反"围剿"失利，红军主力长征，他所在的红六军团留下来调引敌人，协助主力转移，望着穿行在川滇深山峡谷间江宽水急的金沙江，负责探路老爹的愁坏了肠子。

老爹说我大吴哥来了，也就是你的大爷爷来了，划着他的小破船。老爹每次说到这里，都会转头问孙子国庆："你知道那条船多破不？"

小时候的国庆会眨巴着眼睛比画着问："爷爷，会比天破吗？"

长大了的国庆回应："那洞子大呢，是爷爷脱下的棉裤子才堵起来的。那天的风大，带着冰刀子，剜得爷爷的腿生痛生痛。"

老爹就笑，笑着夸国庆记性好。

好记性的国庆也把这事讲给他的儿女们听——你们的大祖爷爷渡着你们的祖爷爷几个去了金沙江北岸，那条乔装过的小渔船成功地躲过了哨兵的眼线，突然的袭击，给渡口的敌人来了一个措手不及。一颗炸弹斜飞而来，你们的祖爷爷迅速推开了你们的大祖爷爷……祖爷爷倒了！倒下的祖爷爷倔强地站起来，一条布带扎在膝盖上七天七夜，直到主力全部过完金沙江。过完江后，你们的大祖爷爷成了杨风清。你们半条腿的祖爷爷多了一个七旬的老母，一个不满四岁的儿子胜利，也就是你们的爷爷我的爹……

老爹闭上眼睛陷入回忆。好一会，他摸摸空空的左腿，似对国庆又像对自己自言自语："好像都是昨天的事儿。"

"爷爷，都七十八年了呢！"国庆说这话的时候开始清扫院墙的卫生。

老爹望着远方越来越模糊的金沙江，湍急的金沙江水似在眼前流滚。

"爷爷，明年您刚好满一百岁，镇上的吴书记提议，想请县剧团的人来，年前给您办个百寿宴，庆贺庆贺，村里也认为冲个喜好，爷爷您说呢？"

老爹吃力地欠欠身，把头摇得似拨浪鼓："你大爷爷一定不同意的。"接着他问国庆："是你提出来冲喜的？"

国庆像个犯错的孩子伏在老爹的腿上，红着眼柔声说："爷

守候一株鸢尾

爷，您都病这么久啦！"

老爹一声长叹，轻轻闭上眼睛喃喃道："生老病死都有定数。我可是把你大爷爷的福寿一齐享了！"

浑浊的泪水从老爹的眼眶里流出……

大滴的泪从孙子国庆的眼眶里流出……

夕阳拖长的影子下，孙子吴国庆又搀着崴着半条瘸腿的老爹杨风清，一步一步行走在风里！

◀ 瘸着左腿的英雄

我爹脾气好，在村里处处让人，连小孩子也敢欺负他。

我家养着一群鹅。具体什么时候养起，爹辈，爷辈，还是爷的爷那辈，我真就不知了。

我们湖村有个大湖，临湖而居最大的好处就是好放鹅。一大清早把鹅放出栏，撒些吃食，然后往湖中一撵。看着这群红喙白毛的野汉们在湖里嬉闹，我就在岸上吼："鹅，鹅，鹅，曲项向天歌，白毛浮绿水，红掌拨清波……"

一次，在清点收湖的鹅时，我爹发现少了一只。天都黑透了他还心急火燎地点着松子灯沿湖找。最后在湖岸一个沟壑里找到一堆鹅毛，我爹捏着它们整夜没合眼。野汉们并不是只懂得日复一日在湖里嬉戏，收湖后会很争气地在鹅栏里落下一堆蛋。我家就是靠这一堆一堆的蛋，换回一年的油盐酱醋茶以及爹的烟丝、烟袋。

失鹅事件后，我爹通过明察暗访，终于把偷鹅贼锁定在湖村闲汉刘二身上。虽然刘二长得人高马大一表人才，却从不种田、养殖，家中泥墙茅顶，大雨大漏，小雨小漏。他白天望太阳，夜晚看星星，却终日里小屋往外飘散肉香，捣得满村小孩缺油生锈的肚子里馋虫翻搅，哈喇子满襟。可我爹无凭无据，空口白牙说不出子丑寅卯，只好干咽气，一狠心高价买来一条头大耳尖身健硕的狼青灰灰。

自灰灰来后，那些有意走近大湖的人，看到灰灰站在湖边，虎视眈眈地吐着长长的猩红舌头，都望而却步。

刘二在湖村到处给我爹扣帽子，说他私占公湖。我爹因此招了不少口舌，只得苦着脸把灰灰锁在后院。灰灰一上锁，我家的鹅就受伤。收湖时，在我爹焦躁的目光里，拖着跛腿跌跌撞撞地栽进鹅栏。我爹心疼得红着眼、青着脸围着湖跳脚大骂。骂完，就绕着刘二紧锁着的大门，转了一圈又一圈，当晚又把灰灰放了出来，并把自己的口粮塞进了灰灰肚里。

肚里有了口粮，灰灰更卖力了。只要鹅在湖中扑通了几下，湖岸上的灰灰就会"汪汪汪"地吐着猩红的长舌一路狂吼奔向湖边。到了夜晚，灰灰睡在鹅栏边，每有动静，就从院前吼到院尾，一栏的鹅也跟着嘎嘎嘎地奏起平安曲。我爹终于松了一口气，一门心思搁在了庄稼地。

一夜，我家的鹅又丢了。我爹百思不解，整夜灰灰一点动静也没有，这鹅怎么会丢的呢？但我爹对谁也没提丢鹅的事，只是每到夜里，就悄悄藏在鹅栏边。

半夜，我家的院里被扔进来一个包子。灰灰一骨碌爬起来，一口吞下。跟着，一块接一块的肉，也被扔进来。月下，我爹看得真切，都是些鹅爪鹅头鹅骨架。灰灰吃完舔舔嘴，悠闲地在院里走了几步后，腿一歪，躺在地上酣睡，直气得我爹在鹅栏外狠着捏大腿。

院门开了，我爹就看到刘二蹑手蹑脚进了院。然后，轻手轻脚绕过灰灰靠近鹅栏。当他的手伸向白鹅时，我爹大吼一声，提着榔头站在了院门前。灰灰醒了，一抬眼望见怒气冲冲的我爹，怯怯地爬起来，向正想攀墙而逃的刘二冲去。一见灰灰，刘二忙往鹅栏里逃。小小的鹅栏里，一时鹅飞狗跳人窜，剧烈地晃荡起来。

随着一声尖叫，灰灰拐着一条血淋淋的腿冲了出来。刘二满身是血站在慢慢倒塌的鹅棚口。我爹急喊："闪，闪，刘二你狗日的快闪……"一边喊，一边提着榔头向刘二跑去。刘二看到我爹向他冲来，抄起慢慢倒塌的鹅棚栏向我爹挥。我爹用榔头撑上鹅棚口，就势把刘二推了出来。刘二屁股在棚外落地那刻，倒塌下来的鹅棚柱不偏不倚砸在我爹来不及挪开的左脚后跟上。

刘二捡回一条命。

从此，我家的鹅再也没丢过。

从此，我家多了一只跛右腿的鹅，一条拐后腿的狗，还有一个瘸着左脚的我爹。

为此，我常遭小伙伴们"跛拐瘸"的奚落。每当我被气得耳红脸青垂头掉泪时，刘二就骂："羔儿的，笑啥？葵他爹是英雄！救人的大英雄！羔儿的谁再笑看大爹我不扁断他小崽腿！"

葵是我。之后，真没人笑我了，倒是有人经常问："葵，你爹是英雄吗？"

　　我不知怎么作答，只是使劲地猛点头。因为大人都说："葵他爹还真是条汉子!

◀ 如 花

门铃又一次响起。

品茹停下手中的拖把，湿漉漉的手在围裙上擦了擦，然后往猫眼里望，看清了门外的人后，品茹无奈了。门口站的人是品茹的租客春草，她又拎着一包卤菜上门来了。

再假装不在家肯定是不行的，屋子里都透着灯呢。品茹松开一条门缝，春草立即趸了进来。她放下礼品，拿起品茹靠在墙壁上的拖把，就呼呼地忙活起来。

"别啊，春草你别忙。"品茹忙伸手过来拦。

"不碍事的，品茹姐，就让我帮帮你。"春草瘦小的身子从品茹身侧滑开，躲开了品茹伸过来的手，把地板擦得更得劲了。品茹无奈地叹了口气，走进厨房准备晚餐。

最后一道菜上桌，品茹的丈夫小莫回来了。他一脸狐疑地望着屋子里大展身手搞卫生的春草问："春草，你这是闹哪出？"

春草停了手中的活，讪笑："小莫哥，你坐，快坐啊。"一旁给菜盘上铺萝卜花的品茹无奈一笑:"春草,别管他,你坐下吃饭。这可是他家呢。"

上了餐桌,春草啧啧称赞:"品茹姐,你炒菜的水平真赞。瞧这菜色,绿的,超翠。红的,鲜红。每盘菜上刀雕的红萝卜花,我餐厅的厨师都不如你。"

"你品茹姐可是祖传的手艺,御厨,你知道不?她祖爷爷就是干这个的。要不,我哪能养得那么肥?"

"小莫,别闹。春草,你那事得容我和你小莫哥再商量商量。"

"品茹姐,我就是想等你们在一起时说。我知道你们也难。这幢楼是你们承租的,如果我退了押金,空租期就得你们向房东付。可我那生意啊,是真不行,一开门就是付出,孩子最近老生病。"春草又开始倒苦水说:"合同没到期,按规矩,押金是不能退的。可我不是没法了嘛,就在刚刚,店里的人又在吵着闹着找我催工资。"

"我知道你是硬撑,房租这半年都是断续在交。可我就是不明白了,隔壁的'天天喜'饭庄餐餐客满。你家馆子装修也不差,厨师都是你高薪外聘的,为何生意就不成呢?"

"姐,有句话我也不知当说不当说?"

"都喊我姐了,还有什么不能说的。讲吧。"

"我找风水师看过,他说咱那铺子……唉!我还是不说吧。"春草的手机响了,电话里传来吵吵闹闹的叫骂声。

品茹见状停下筷子,拿起手机给春草转了账。

送走春草,品茹默默收拾桌面。小莫找来纸和笔,开始写招租。

招租贴上第一天，品茹早早充足了手机电，手机一刻不离地攥在手上。一整天过去，除了几条移动公司的服务信息，手机静静的。

第二天，手机多了条天气预报。电话倒是响过一次，接通后里面的男声问是否需要贷款。品茹黯然挂下电话。在接电话前，她还激动了一小下。

第三天，手机又响了一次，对方倒是问了租金，品茹刚开口说每月两万，对方就挂了。可能嫌贵了吧。品茹追打过去想谈谈，对方没接电话。房东整幢楼承租给她时，给这间铺定的是每个月两万二。同样的平方，隔壁那幢楼的"天天喜"已经涨到每月两万五。

半个月后，品茹搬了把椅子，在春草空下的店铺前坐了下来。

品茹的店铺在下沙南的岔街口，斜对面是一家大型生活超市，整条街人来人往的，连杏花家不到三十平方的沙县小吃，小喇叭上的微信转账声都老响不停。可自己这间铺呢，自三年前建好承租过来，从药店、服饰店、2元日杂店、烟酒礼品店等到最后春草的饭店，三年不到，转手五次。

"这铺子看起来不错，我们打个电话问问。"有男声传来，品茹闻声一喜，准备起身相迎。

"这铺子不行。你看附近的几条街几条路同时冲着它，风水上管这种店铺叫万箭穿心。听说整条街就这间铺子老转手，老板最后都是亏本收场的。"女人急急拉走了男人。

"万箭穿心？"品茹苦笑着望了望铺面，她想起春草欲言又止的话。下沙南街上的行人依旧人来人往，路过的人，吃的用的大包小包地拎着，连在自己店前烤红薯的小摊，一天到晚都有收款到账声。

"万箭穿心，就真是一个死铺子吗？"品茹问自己。

晚上，小莫回家，他一脸喜悦地冲厨房里的品茹喊："老婆，我看到咱们那间铺子上的招租被撕了，是租出去了吗？价格上吃亏不吃亏？"

"我撕的。"品茹没有动，手里握着小菜刀，正专注地剔着手中的胡萝卜。

半个月后，品茹的小炒店开业，没想到，生意很旺。

很多人说：就冲每份小炒中那朵手工刀雕的红色萝卜花，也值得还来。

半年后，品茹的店成了整条街生意最好的一家。

一天，春草来看品茹，她早听说了品茹亲自上阵了。

品茹问春草，退租时你说了一半，这间铺子咋啦？后面话你没说完。

春草摇摇头，脸上显出不好意思的神情，说，姐，你真不信邪，一战成名啊。

品茹说，心不邪，手艺不邪，其他啥邪都不是事儿。后面那话到底你想说啥呀？

一剑封喉。春草突然冒出这句，跟着笑了。

◀ 素　饺

　　大陈是独子，从小爱吃饺子。

　　大陈他妈菊婶，也乐得变着花样为儿子做。但大陈最喜欢的
还是小姨梅芳做的手工饺。她擀的饺子皮，薄薄的，包的饺子，
圆溜溜、饱嘟嘟的，而且花样还多。春天是荠菜猪肉馅，夏天是
猪肉韭菜馅，秋天是玉米鲜虾馅，到了冬天，小姨还会做萝卜牛
肉饺，大陈每次都吃得满嘴冒油。

　　两家人住同一个小区，每次菊婶买了食材，站在小区楼下喊
一声"梅芳"，小姨就会来帮忙包饺子了。所以大陈差不多是吃
着梅芳小姨包的饺子进高中、上大学的，毕业后他又进了司法局
工作。

　　最近，梅芳小姨的饺子往他家送得有些勤。大陈却一口也吃
不下了。

　　因为每次小姨送了饺子来，菊婶便会明里暗里地跟大陈说，
你小姨这些年不容易，你得想个好法子帮帮她。

梅芳小姨的公公婆婆走得早，家里有位爷爷，做了几十年老师，退休后，最后几年一直由梅芳小姨照顾。老人在一天夜里安详离去，没有留任何遗嘱，而他的名下有一套房子，还有几十万元存款。按说，梅芳小姨就是自然而然的继承人。可是有个问题，爷爷还有一位养子，只是养子之前得了重病，这些年随女儿去了隔壁县。

　　所以，小姨来找大陈，希望大陈帮忙想个办法，把遗产的事对这位继叔，也就是爷爷的养子隐瞒了去。

　　大陈听说缘由后，肯定地对小姨说：这事瞒不住，你继叔前期也有帮忙一起照顾你爷爷，后期虽没有赡养，却是有特殊原因。根据继承法规定，你继叔与爷爷是有抚养关系的继子女，享有第一顺位继承资格。根据《中华人民共和国民法典》第一千一百二十八条的规定，小姨你只能作为代位继承人，继承你公公婆婆有权继承的遗产份额。

　　菊婶问儿子："你是学法律的，就不能想想办法？"

　　大陈摇摇头说，妈，这事我们不能做，也做不得。

　　小姨闷闷不乐地走了，菊婶想到自家妹妹这些年含辛茹苦照顾老人的画面，又想起儿子当着自家小妹的面给她撂了脸，在把自己关进里屋前，她对大陈吼了一句："都说家和万事兴，你也盼着点你小姨好。"

　　大陈被骂得一愣一愣的。

　　菊婶为此很多天都不搭理大陈。大陈左思右想，决定休年假，带菊婶出门转转。

省内自驾，大陈沿途插科打诨，各种耍宝，总算让菊婶紧绷的脸松了一些，最后他们来到黄冈东坡赤壁景区。逛完景区，他们走进了一家素饺馆。店里的素饺很有特色，什么东北的酸菜饺、北京的茴香饺、江浙的西葫芦饺，还有什么白菜饺、鸡蛋香菇饺，更有五色素饺等。大陈点了一道由豆腐胡萝卜卷心菜混做的团圆饺，吃得狼吞虎咽。菊婶吃了几口，却停下来。

"妈，您怎么了？是不是饺子不好吃？"

"不，饺子很好吃。"

"那你怎么一直皱着眉？"

"我是好久没见你有这么好的食欲吃饺子了。"

大陈笑了笑，又让服务员添了一碗。

菊婶却仍然若有所思。过了好一会儿，她开口道："儿子，我知道小姨的事让你为难了，所以小姨做的饺子你也觉得不香了。"大陈挠了挠头耳朵，说，"妈，其实，这一次我带您出来，也是想跟您说说这事……"

菊婶沉默了。

好一会，她看着大陈说："你不用说了，这几天我也想明白了。我只想到小姨是亲人，这么多年照顾爷爷不易，却忘了你有你的立场。儿子对不起，是妈妈错了。"

"妈，我知道您的本意是家和万事兴……但家外无官司，家内无纠纷，才是真正的家和万事兴。"

"你说得对。回去后，我会做你小姨的工作，她这些年照顾老人本也不是为了图他那点东西。况且，依法规，分遗产，她还是有一份的。反正，以后我们多点帮衬她就好。她会听我的。"

"谢谢妈！我以后定会帮衬小姨的。"大陈心里一块石头终于落了地，开心地搂着菊婶说，"那我们回家，请小姨过来吃一顿素饺。以后也要多吃素饺，咱们素素静静入口，清清白白做人。"

母子相视而笑。

◀ 无人等待

　　我告诉花鸟店的老板，为我的一对鹦鹉准备一场豪华婚礼，并请她帮忙准备好婚礼所需的一切。

　　我要选一个黄道吉日，在芈城最好的维也纳大酒店里，宴请我所有的至亲好友，点酒店里的招牌菜金玉良缘黑椒天鹅肉，鸳鸯比翼芙蓉蟹，还有那锦上添花大漠鹿……我算了算，暂且打算摆五十桌吧。

　　但事实上，我没有这么做。我只是打电话请花鸟店的老板帮我订制了一套婚纱，一套礼服，还有一只做工相当精致的金属鸟笼。

　　花鸟店的老板打电话告诉我货到时，我那会正沉湎在电影剧情中擦眼泪。

　　是的，我喜欢看电影，一部电影就是一个人生，看别人的人生，想自己的故事，然后边看边笑或者哭。为了方便，除开通会员线上电影，我还是数家地下影网的忠实影迷。

守候一株鸢尾

我细心地为红肿的双眼小心化了层妆，就去了花鸟店，为那只叫翠翠的母鹦鹉穿上我所喜欢款式的白婚纱，为那只红尾的公鹦鹉穿上了那个他喜欢的黑色燕尾服。在帮红尾给翠翠的小脚套上戒指那刻，我心中满满都是幸福感。

　　这对新婚房客的到来，我的目光慢慢地从电脑屏幕转向了鸟笼。第一天，鸟笼的横梁上，不是翠翠扬着尾巴跳叫着逐红尾直把红尾撵至笼角才罢休，就是红尾整个身子霸着鸟粮盒不让翠翠近身半点。

　　我焦灼的心随着嘀嗒嘀嗒的钟声一起，陪它俩度过了漫长一天的婚姻磨合期。

　　第二天，翠翠再撵赶红尾时，红尾不再是扑腾着翅膀，它伸出红的喙舔吻翠翠的身子，低头用脖子掌翠翠的肚子，这样转变的结果，是它们双双站在食盒边，把鸟粮啄得像溪流般外淌。

　　我开始有意识地教翠翠喊"老公"，教红尾喊"老婆"。我教的时候，它俩都不理我，彼此望着对方，目光紧紧纠缠在一起，不时伸出红红的喙轻轻在对方颈脖上摩掌。这时的翠翠，会把头轻轻地一脸娇羞地放在红尾的脊背上，任我的嘴唇一张一歙地说个不停。

　　我盯着这对鹦鹉，它们的恩爱让我酸溜溜的。

　　说不清是嫉妒，还是恶作剧，我拿起一截小棍，把翠翠倚在红尾颈上的头拔开，翠翠被我突来的动作惊飞。红尾不满地扑打着翅膀朝我尖叫，叫完飞向站在底垫的翠翠身边，伸出自己的喙轻轻为翠翠梳理它凌乱的冠毛。

红尾的举动彻底惹恼了我。亲手筹办一场婚礼，是我多年的梦想，它们的一切拜我所赐，现在怎么可以视我作透明，如此在我跟前大秀恩爱呢？

我决定掐死这对鹦鹉中的任何一只。理由是他们为什么要在我面前秀恩爱？我恨他们，我不能容忍这一切。

我伸手进笼子里一把捉住翠翠，把它的小身子倒扣在鸟笼的底座里。一阵急促的尖叫声响起，红尾扬着红尾巴叫"老婆，老婆"，翠翠小小的身子在我手心掐着，脚拼命抓蹬，爪子上的戒指沁出一缕缕血丝，扑腾几下后翠翠不动了。红尾拍打着翅膀在笼子里跳来跳去，伸出红喙吻翠翠的羽毛，抬头望着我一言不发，我伸过去的鸟粮，被它粗暴地用爪子泼洒一地。

红尾也走了，它僵冷的小身子躺在精致的鸟笼里，红色的尾巴夹进笼子的底座下——那是翠翠离去时的姿势。

但事实是，我并没有那样做，这一切都只是我想的。

我只是看着他们不停地为彼此整理羽毛，用喙亲吻，我并没有伸出手去动它们一根羽毛，更没有掐死它们其中的任何一只，我只是为他们添了些食，加了点水。

我对两只鹦鹉照顾得更精心，陪它说话，给它唱歌，让我意外的是，它们开始乖乖地望着我，听我说，听我唱歌。有时它们也叽叽喳喳地叫着"老婆""老公"，唱着我教的"大河向东流，天上的星星参北斗……"回应我。我喜极而泣。

天色渐渐暗了下来，我掏出手机突然想向那个他打个电话，我怕太晚给他打，他已不方便接听。我太想告诉他，他送给我的鹦鹉已经会说话会唱歌了……

你也一定认为我还会一部接一部地看电影，每天沉浸在别人的喜怒哀乐里默默流泪，然后每月去街角的银行取回我高额的生活费，继续着，遥遥无期的等待吧？

但事实是，我什么也没有做，我只是拿出手机，删除了一个号码而已。

仅此而已。

◀ 摸　秋

吃完月饼，赏过月，月儿开始慢慢往西斜，银环从外面进来，带着一股清新的泥土香。老憨迎上前问："银环，你和贵根几时去？"

银环应："爹，早呢，我们晚些去行不？"

"早？不早呐，再不去，秋果果都给人摸光了。"

"爹，都啥年代了，就您还信这套。中秋夜，偷个瓜摸个果，就能生男娃？"贵根不满地把手里的花生果往桌上一扔。

"摸秋哪能叫偷？浑小子，老辈传下来的规矩，到你嘴里就变了味。"老憨不满地瞪了儿子一眼继续说，"南瓜，南瓜，就是男娃娃嘛。你娘要不是中秋夜摸上大南瓜，能有你这兔崽子？你要给我养了个大孙子，就不须再去。"

"爹，要去，您自个去。我觉得有丫丫就很好。银环，咱进屋。"贵根小心地抱起睡着了的女儿，招呼银环。

银环没动，坐在桌子上嗑着瓜子细声细气地说："爹，我年年都有去的哟。"

老憨说："那是因为咱摸到的秋果果都不是最大的！"

忽想起贵根抛花生时，地上"嘭的""嘭的"连响，老憨弯下腰，在地上边寻边骂："兔崽子，好几块一斤的花生，就你舍得扔！"

银环见此把手里的瓜子收了，掏出手机，电筒紧跟老憨摸索的手。几粒花生球被老憨放回袋里，他拢拢袋口，然后冲银环笑："还是我家银环懂事。贵根不去，爹陪你去。咱村里哪家地头种了啥，爹都晓得。"

银环瞧瞧内屋，又看看老憨，慢吞吞"嗯"了一声，揉了揉肚子说："爹，我晚上估计是吃撑了，肚子有些不舒服。哎哟,痛！贵根，帮忙扶一把。"

贵根出了屋，把银环搀扶进屋。老憨听到屋里随后传出的轻笑声，叹了口气，一个人迎着细碎月光，踩着青石板路往沟子坡走。

村里数芸婆种的瓜最好，胖乎乎的。同样是瓜，别人家不是圆的就是扁的，芸婆就能种出稀罕来。她种的棒槌南瓜，一头大，一头细，葫芦娃似的。更为重要的是，村里新媳妇们只要中秋夜在她家地里摸秋寻到瓜，来年准抱娃，很多还是男娃娃。一想到能有男娃娃，老憨就咧嘴笑了。

午后银环邀他逛集，说要给他添新衣。银环说："爹，秋来俏，秋来俏，您这么精神的老人家，穿了新衣一定好看。"老憨没去，他找了芸婆，然后去了芸婆的南瓜地。

芸婆的南瓜地在沟子坡，去沟子坡必须绕过大半个潘河。摸秋有摸秋的规矩，除了得在中秋夜，还不能点灯，否则就不灵了。

月亮从潘河边的堤树上泄下来，小道明一阵暗一阵的，老憨的步子跟着高一脚低一脚的。尽管小心翼翼，老憨过沟子坡时还是摔了。这人啊，年纪一大，老胳膊腿不由自己，固执的东西也越来越固执。也难怪，中秋一过，他七十了。老伴走后，他一个人拉扯大贵根。直银环进门，一家人的日子过得红红火火的。

唯一让他感觉遗憾，就是家里少了男娃娃的哭闹。

南瓜地到了，他摸索着找到自己作好记号的位置。午后来时，满园子他都逐个逐个地比量了个遍，把最大的瓜做上记号。怕给人摸去，还特意在南瓜上盖了层草秧子。

让他意外的是，他在做好记号的草秧子里翻来覆去没找着瓜。

老憨抽了口凉气，是芸婆摘了吗？不对啊，他已经跟芸婆说好拿花生换的。如今农村的生活都好了，就算他没说，芸婆在每年中秋，也会在地里留些瓜果，供村里的小媳妇们出来寻摸的。很多时候，她还往大里留。那是不是自己记岔了呢？年龄一大，他常颠三倒四地记错事。

老憨不甘心，再次在做好记号的草秧了旁索摸，那丛草秧子还在同样的位置，摸来摸去还是那一大把马齿苋。在老憨气馁地拿起马齿苋，银白色的月光下，露出一坨金色的黄——正是老憨藏起来的那个瓜。

老憨怔怔地捧着手里绑扎得整整齐齐的马齿苋。因为土质，沟子坡从来就不长马齿苋。这是哪来的？突地想起儿媳妇银环蹲在院里帮他找花生时，鞋底满是湿湿的黄泥儿，如眼前的泥色，如出一辙。

老憨握着手里的马齿苋，心窝里一热。这马齿苋，湖村人叫它安乐菜，大多人也称它为长寿菜。

中秋夜，老人们也会出来摸秋，都少不了捎上一把。

◀ **有意思的老木**

老木是个倔老头，但凡他认定的事，很难轻易改变。

老木还有三处尽人皆知的怪习惯：喝酒只喝热酒；配酒菜得是现烧的烧鸡；烧鸡还得是一公一母轮着吃。

烧鸡上桌，谁还管是公是母呢？偏偏老木在意。而且记性好，哪怕是十天半月喝回酒，他也记得哪次该吃母鸡，哪回轮上公鸡。

木嫂为这事唠叨了很多年。

老木退休前，木嫂的唠叨是小声嘀咕的。倒不是她怕老木，是带了心疼。老木在单位里是骨干，要管的事儿多，工作辛苦。

在爱好方面，老木对麻将扑克这些是不沾的。要说爱好嘛，老木也有。老木在闲暇时爱码点小豆腐块，把自己生活中工作上遇到的一些小感悟，通过文字的形式写出来，在全国各地的报纸刊物都有发表，赚来一张张小稿费，买酒买鸡。

木嫂自然无话可说的。

老木退休以后，这喝酒三怪的习惯不减反添，随着他喝酒的频率添多，木嫂的唠叨声随着她去汉林农贸市场的步伐一样高起来，也多了起来。

木嫂小声嘀咕："冷酒热酒，喝到肚子里一样还是酒。"

木嫂嘀咕声高了："公鸡母鸡，进肚一样都是鸡。"

老莫听后也不气，摸了摸他半白的头发："你老太婆不懂，众生万物都有阴阳一说，有阴必有阳，这样才能做到阴阳互补。古人诚不我欺，再说了，温热酒最是养生。就说那曹操，也爱喝热酒，他设樽煮酒，与刘备对坐畅饮论英雄，那等畅快，你老太婆哪能懂。"

木嫂听完声音更高了："就你懂，临了退了还这么穷讲究，多运动，多锻炼，才是最好的养生。"

唠叨归唠叨，木嫂买鸡的步伐可没减。

年前，木嫂想着快过年了，怕农贸市场的人休店关门，就买了一公一母两只活鸡，剩下的那只，准备养在自家后院，反正过不了几天老木又要烧鸡下酒的。付完钱，木嫂让卖鸡的用尼龙丝缚了鸡脚装进蛇皮袋里。

睡过午觉的老木起床，看到在水池旁磨刀的木嫂，遂起了帮忙杀鸡的念头。解开袋口绳，老木提起公鸡，揪鸡脖手起刀落放血，烧水脱毛，老木一气呵成。

木嫂做烧鸡的时候，老木开始温酒。边闻着酒香老木边哼："鸡公头，鸡光头，补得老夫乐逍遥。"

那只放在蛇皮袋里的黑母鸡趁着袋口没扎，在老木温酒的时候，两脚一蹬，挣开了缚脚的绳子，溜了。

菜市场的禽兽店因为春节休市，差只母鸡做现烧烧鸡的老木，连了两日没喝酒。

木嫂体贴地在超市里给他买来做好的烧鸡，温了酒，老木看着盘里斫好的烧鸡，丢了句"公母难分，阴阳违和"，酒一口没动。

过年那日，老木在小区旮旯寻了一天的鸡，未果。

老木跟家里丢失的那只黑母鸡较上了，鸡没找回，老木的酒一口不喝。

大年初五。

老木，发现那只逃跑的黑母鸡在小区旁的菜地出现了。菜地是县体检中心阮主任开荒种的。看着那只啄菜苔正欢的黑母鸡，老木眼睛亮了，乐颠颠喊来阮主任跟他一起去抓鸡。

两个人忙乎了半天，鸡毛没有扯上一根。那只鸡似有灵性，两人的手还没靠近，就拍着翅膀跳开了。

黑母鸡在小区周围时隐时现，过起了它自由自在的生活，老木不找它，它会主动出现在老木跟前。等老木去抓，它又拍着翅膀跑开了。

老木呢，从前跌跌撞撞地追，到了后来，腿脚变得愈发矫健，他似乎在寻鸡抓鸡的过程找到了乐趣。到了后来，那只黑母鸡，被他抓了又放，放了又抓。

一日，阮主任拿着一叠小说稿来找老木讨教，碰上老木正在喝酒，桌上一碟花生米，几位退休老头喝酒猜拳，闹得正欢。

阮主任进退不是，木嫂上前打招呼，阮主任好奇地问："木哥如今几粒花生米也可下酒？"

木嫂抿嘴一笑："现在冷酒也能喝。"

阮主任啧啧称奇："还有这等奇事？"

"这个还不奇。他自从迷上抓那只黑母鸡以后，他那两日一闹的颈椎病就没再发作过。"木嫂一脸认真地说。

阮主任哈哈大笑："这样的老木，还真有意思。"

◀ 骂　鬼
·················

木老头爱喝酒，一喝就醉。醉后在哪晕了，就往哪倒。他胆子还大，有几回喝醉，都是睡在坟堆旁的。

张家林办堂祭，宴席设的是流水宴，吃一席开一席。木老头在席上遇到了几位熟人，加上主家好客，一个劲地劝吃劝喝，木老头多喝了几杯，到回家时，扶了墙壁，人还是摇摇晃晃的。

木老头回家的途中，要路过一片叫狮子滚绣球的小山坳，木老头走到坳腰时，感觉他的双腿像挂了两兜水泥浆，走着走着，脚一软，就势趴在路旁的土堆睡了。

睡至迷迷糊糊，木老头听到对面有说话声传来："嘿，伙计，张家林堂祭，我们一起去摸吃不？"

"我今夜就不去了，今天家里来了客。"木老头的旁边有声音在说。

木老头想睁开看看旁边说话是谁，可眼皮实在是重，睁也睁不开，头也晕乎乎的，便继续趴在土堆上睡。

迷迷糊糊又睡了一会，木老头又听到旁边的说话声传来："嘿，伙计，你不是说去张家林摸吃的吗，怎么这般快就回来了？"

对面的声音在叹气："哎哟，莫说起，我才到主家的屋门口，就被莫名其妙骂了一通，哪还有心情摸吃呢。"

旁边的声音说："办堂祭的张主家不是一向很好客吗？我家来的这位客人就是在他那儿喝醉的，你怎能没摸上吃的呀？"

"哎呀，莫讲起，张主家的菜刀给吴老三搁在豆腐盆里，他们找不到菜刀就骂我。还一连骂了好几声，有鬼啊，有鬼，他娘的是鬼给掩了呀。我哪受得这冤枉气，就回来了。"

木老头听到此话一惊，微微睁开眼睛，四周一片漆黑。旁边的声音此时嘻哈大笑："你不会做了点什么吧？"

"摸吃没摸成，反被骂一顿，我心中郁闷哩，顺手把他们的菜刀掩去水缸底了。"

木老头很想看清说话的人是谁，便把火机擦亮照了照。四周一个人也没有。明明刚刚还在的说话声，一下子也没了。

木老头胆虽大，可越想越觉得事儿不对啊。再细看周围的环境，酒醒了一大半，摸黑跑回张家林。

见到张主家，木老头问："你家的菜刀找着没有？"

"你怎么知道我家丢了菜刀啊？"张主家一脸奇怪地说，"说来也怪，几个人找了半晚上的菜刀，就不知道去了哪。"

木老头说："你先去问问吴老三，他先头是不是把菜刀放在豆腐盆里。"

张主家说："哎呀，正是哩。这个你又是怎么知道的？吴老三说他把菜刀搁在豆腐盆里，一时忘记就忙别的事去了，后来想起，却怎么也找不到了。"

木老头走去水缸，往缸底一摸，菜刀果然在里面。

一屋人大惊。

当听过木老头讲他喝醉睡在狮子滚绣球那片坟场的经历，众人唏嘘不已。个个都说真不能随便冤枉别个，纵然是冤枉了鬼，也是不行的。

◀ 故事里的事

闲着也是闲着，我跟您讲个故事吧，一位男作家的故事。

作家大学毕业后分到了一份游手好闲的工作，二十年风平浪静的日子在他天马行空的虚构中一晃过去。尽管游手好闲这字眼谁也不愿意听，但周围人都这么说。

忽有一天，作家突发奇想，想到城市的边缘河水拐弯的地方走走，体验体验另一种不一样的生活。就这样，他来了我们湖村。

作家看到我们湖村的鸟儿在暮色里叽叽喳喳飞过，湖村的人在伸着红桃挑着翠杏的廊墙下行走，湖村的母鸡站在柴垛上咯嗒咯嗒地高声叫唤，对着他炫耀初生的蛋，他还看见城里的塑料袋从天空飞过飞累了，都会挂在湖村的树上小憩一会。作家心一动，停了下来。他堵着潘河边撑船的老区，说动了他家河湾边的半边仓房。从此周末钓鱼赏荷拾秋叶，乐此不疲直到冬天。

雪落的头天，作家本来要返城的，老区牵着白狗来旺送他渡河，渡到河中时，作家抬头看着那被蒙上一层黑布的天，对老区感叹：你们乡下好是好，就是冬里黑得早！老区接口说：看天识天，这不是黑得早喔，怕是明儿要下雪。下雪？他一怔，随即大喜，赶紧招呼老区停船返岸。

湖村扑簌簌作响的清晨，作家睁开了眼睛。推开窗，冷凛的雪风一下就塞满了他的颈脖，再抬头，是一窗的白。作家似个老孩子跟着白狗来旺钻出了门。

老区如日常一样在火塘中煨酒——自家酿的晚谷酒。这酒我们湖村家家都酿啊，说不定您也尝过的，比城里的茅台烧口多了。老区的渡船泊在屋前不远的堤上，孤零零地，上面缀上一层白皑皑的雪。此刻的潘河，像一条被囚的银蛇僵卧湖村中，漫天大雪夹着啸冷的风袭向雪地里奔跑的人和狗，可作家全然不顾，伙着一群半大的毛孩子在雪地上爬就打滚，逗那白狗来旺。到鼻头淌着清涕，老区已站在青砖屋前大喊：哎，进屋吃酒喽。

老区的灶头远远地腾着热气冒着香气。作家进门时，老区捅了捅灶上红红的炉火，用地锹把火拨到饭桌下的炭盆上。又指了指灶上冒气的锅对作家说：野椒熏腊兔炖萝卜条，咱哥俩好好咪两口。

作家揉了揉被雪风抹得通红的鼻子，搓搓手坐上桌。老区提起酒壶，拿起一只旧酒碗，斟好后端到身旁的白狗来旺嘴边，白狗来旺舔完酒，老区夹了块上好的腊兔，放在白狗来旺的脚底。在作家目瞪口呆中，又提起酒壶给作家斟酒，边给作家斟酒边说：来旺这小子，有情有义，每个月都会从山下抓几只麻野兔子回来给我下酒。

两人的杯子在半空中"咣当"轻撞过后，老区一口见了底，啪嗒啪嗒地嗑了嗑嘴巴，呵呵笑着，看作家皱着眉把酒一小口一小口倒进嘴里。那股辛辣呛入喉结，作家忍不住咳起来，白狗来旺把前腿架在他的膝上，不安地摇着尾巴。作家心一暖，摸着白狗来旺的头，端起杯，一饮而尽。晚谷酒在胃里翻江倒海地闹得欢，只须片刻，又从头发梢到脚趾叉都撩得暖暖的，老区哈哈大笑说，自家酿的，进口呛，不过后味足，冬里喝好哩。

酒过，作家唰唰地挥笔疾书，到返城时，背兜中多了一沓手稿，乡村系列趣事其后被数家报刊连载。

偶尔有湖村人进城，捎了份报，看到他的相片放在报上，就问：嗨，这人是你不？这字是你写的吧？

他打着酒嗝：呃，那谁，长得跟我真有点像……

作家在文学界的名气越来越响，连同笔下的村庄。城里人一个劲地赞：嗨，这就是你常去的那个村？好美！邻里那么和谐，鸡啊狗啊都跟人崽子一般。读你二十年来写的字，就数这个系列最精彩，也最感人。作家啊！不愧是大作家哪！

他微笑不语。

只是人家走后，作家耷拉着脑袋一声长叹：唉！什么大作家，那不过是人家过的日子啊。

◀ 招　魂

楚人好巫，自古就有招魂习俗。

听村里老辈人讲，战国时有位三间大夫叫屈原。他有回坐船过潘河，病倒了。村里有位一百零九岁的老人试着去潘河帮他招魂，第二天，屈原的病全好了。屈原《楚辞》中有一章《招魂》，村里的老人说：那个就是根据湖村招魂的习俗来的。

群发在外做了多年生意，回湖村后病了。

开始他只是说胸闷乏力。妻子汪娴陪着去市里，去省城，求了专家，请了仪器，查来查去，也查不出所以然。

汪娴急得不行，听到哪有专治胸闷乏力的偏方，哪有专治疑难杂症的郎中，就脚不点地奔过去。可群发的病还是无好转。

汪娴没招了。群发躺在床上有气无力出主意："要不……你……找爹，给我招魂。"

招魂？在汪娴还小的时候，她娘为她喊过魂。

但小孩喊魂和大人招魂却各不相同。大人招魂，相对更烦琐。

有一年，汪娴的三叔在南拢凹干活返回后病了。爷爷挨家挨户去讨了一百家米，然后把家中的水缸放满水，放一把剪刀在缸里震邪。奶奶抱了三叔的内衣，手持圆镜，端着百家米由瓦梯上屋顶，仰面朝天门，手持镜面朝东喊："东方有鬼崽莫留哟——"

喊完，将手讨得的百家米朝东撒一把。

然后仰面朝天门，手持镜面朝西喊："西方有鬼崽莫留哟——"

喊完，将手讨得的百家米朝西撒一把。

东南西北四个方位喊完，百家米各方撒一次。再仰头面朝天门，圆镜朝三叔失了魂的南拢凹喊："东南西北都莫去，崽在南拢凹吓了回哟——"

喊一句，丢下一把米，再顺瓦梯走下屋。

据说这些扔下的百家米，会落地成兵，从镜子里照出的镜路，把人的魂收回家。不知是心理作用，还是真有效，反正三叔的病是好了。

汪娴听完群发的主意眼一亮。

但招魂还有一说，得百岁以上的老寿星或家中的长辈出面喊才有效，比如父母，再或岳父岳母。百岁以上的寿星邻村倒是有一个，但早已爬不上瓦梯了。群发年幼失父，青年丧母。汪娴的爹娘倒是健在，但一想到爹，汪娴的眼神黯淡下来。

当年汪娴和群发谈恋爱，汪娴的爹娘大力反对。特别是爹，嫌群发家弟妹多，负担重，嫌群发个头矮。怕汪娴嫁过去要吃大苦。汪娴不管不顾，娘以绝交恐吓都不顾，偷偷拿走户口簿，与群发领了结婚证，酒席都没摆就住进了群发家。

孩子出生后，群发去报喜，硬生生吃了个闭门羹。从此汪娴倔着不再想回娘家的事了，任群发怎么劝，都不听。

看着躺在床上的群发，汪娴咬咬牙，还是出了门。

站在阔别多年的家门口，远远见娘在院子里忙碌，爹在树下抽旱烟。汪娴站在门口，红着眼睛看着娘叫了声："娘好。"看着爹，怯怯地喊了一声："爹好。"娘看到汪娴，人一怔，眼睛直发红，脚忍不住就往女儿处挪。

"你站着。她说绝交就绝交，她愿来往就来往？"爹一喝，娘的脚就停了。捂嘴哭着向内屋跑。

爹磕磕烟灰，闷声问："这是哪家闺女啊？走错门了吧？"汪娴把手中拎的礼品放在门边，低着头："爹，这是群发让我拎来孝敬您的。"

"群发？群发是哪个？老汉我不认识。"一脚抛开地上的礼品，"这些你拿走，老汉我不稀罕。"转身进了屋。

"爹，群发病了，想请您帮忙去叫魂。您晓得的，他爹娘早不在了。"爹一怔，砰一下关了门。

汪娴一路哭着跑回家。群发看着眼睛红红的汪娴，忙劝："娴子，再去，咱结婚时把事做过头了，爹还气着呢。"

汪娴说："这些年你哪次去，不是被他撵了回的。"

群发说："娴子，我去，和你去，性质是不一样的。你再跑一趟吧，咱爹呀，只是当年的那口气没放下。"

傍晚时，汪娴萎着脸回来。她哭着说："大门一整天都锁着，爹娘的面都不见。要不，我去化了百家米，请族里年长些的伯辈

守候一株鸢尾

来试试？"

"那不行……"群发连连摇头。

一个佝偻的人影进了屋，水缸里"叮"的一声响后，瓦梯离了地，苍老的男音在屋顶响起："群发，我的儿啊，东方妖魔多作怪，崽啊你早回莫作留哟——"

米粒的声音随之在屋顶响起来。

汪娴听着这熟悉的喊声，大滴的眼泪从眼眶滚出。连日躺在床上的群发，悄悄翻过身，嘴一抿，笑了。

◀ 父亲的名字

年逾七旬的父亲，怎么也没想到有一天会因为自己的名字让全家陷进僵局。

拆除老屋，重建新房，是全家人过年时商定的。年一过，老屋平基，在新屋起基时被执法队的一纸通知叫停了。理由是宅基地的使用权上出现了纠纷，得解决好了纠纷才能重新开工。

父亲懵了。懵了的父亲随之知道了缘由。

是因为他的名字。

父亲是长子，他出生的时候，连生三个女娃戒酒了许久的祖父连喝三大碗谷烧酒，查遍古书后，给父亲取名元象。一元复始，万象更新。祖父为这个名字得意了好久。

初时别人喊父亲"元象"，他也"哎"的一声，应得干净利落。

父亲厌恶这个名字是在打过一场架之后。那时父亲大约七岁还是八岁？同村一个叫佟娃的孩子玩游戏输了，不服气骂人："你是别村来的伢，你是外婆家的野伢子。"

父亲的拳头重重落在佟娃的鼻子上。

父亲哭着跑回问祖母，祖母先一怔，随后把记忆里近乎遗忘了的祖父的酒话讲给父亲听。祖父在娶祖母时，在一次酒后，当众允了长子随舅宗。当时只是玩笑话，两家人谁都没当真。没想到祖父取名时阴差阳错用了"元"字。而"元"，是祖母家姓的辈字排行，没想到被村里人当笑话般传开。

上了族谱的名字不允许轻易更改。祖父的无心之举，让父亲被佟娃这伙孩子终日"元象，元象"的叫着嘲笑着。

父亲从此怨上了祖父，也厌恶上了他的本名元象。尽管祖母再三解释，祖父因为这句酒话戒了酒。但父亲从心头认定他就是祖父遗弃的孩子，经常莫名其妙地弄回一身的伤。

在学校，他很固执地用上了自己所取的名字：赵世龙。老师好心帮他写好本名的作业本，多次被他撕了。

第一代身份证颁发的时候，父亲看着手中的元象两个字，如芒刺背，当场与户籍民警起了争执。父亲自此更加厌恶本名。他在农粮事务等所有用到签名的地方全署上他自己取的名字赵世龙。甚至在购买房产，签署土地时，也签世龙，身份证在他手上成了摆设，他不管不顾把自己的任性进行到底。更为此与乡里驻村的工作人员脸红脖子粗地闹了几回。

那个叫小熊的工作人员每见父亲都头疼。她曾不止一次提醒父亲："你想法去户籍科把名字改了吧，实在不行，加个曾用名也行。"

父亲固执地说："不改，也不添。那是他们写的，我不认。"

"那这事情办不了，我只能按照身份证来办事。"

"我去信用社办贷款买粮种都是这个名，为什么到你这处不认？"

"那是早前。一元复始，万象更新，时代在进步，不能再像以往那样了，今后个人信息还会实行互联网来统一管理。实在不愿加曾用名，你得去村里打张证明，如果没证明，土地承包经营权没办法给你。"

在小熊的较真之下，父亲不得已开了张证明。随着后来国家发展，互联网正式实施，个人姓名信息严管，尽管憋屈，在外办事时，父亲还是逐渐用上了身份证名，赵世龙这个名字遗留在时代变迁中，存放在父亲心中。甚至是我，都不知道父亲曾用过这名。

那个曾经被父亲一拳打了鼻子的佟娃，耿耿于怀歪鼻子六十年的光景中，不知何时用了何法在自己的户口本上添了个曾用名"赵世龙"，在父亲拆除旧屋建新屋的时候，他以房产证丢失为由去土地部门做了报备。

而父亲所拥有的土地证和房产证，名字全是那个不被法律认可的赵世龙。面对佟娃发出的各种挑衅声音，母亲责备的眼神，父亲病倒了。病倒的父亲并没有因而松懈，他抱病翻出家里的老盘碟，老碗，老晒垫，带着这些刻有赵世龙名字的老物什去土地所，证明他就是家中房产证上的自己。

然而，这一堆老物什不及佟娃的一个曾用名，他可是被法律认可过的赵世龙啊！

父亲被自己的名字彻底击倒了。

父亲是病好一个月后出现在那个曾经的小熊，现在我该叫熊姨的女人面前。

熊姨看到父亲，刚喊一声"元象哥"又立时咽了回去。她转口笑着打趣父亲："老赵哥，我现在都退休了，不会再找我吵了吧？"

"不，不的……我来感谢你。"父亲老脸一红。

父亲放下手中的厚礼，深深对熊姨鞠了一躬："感谢您三十年前的较真，如果不是保留有那张老证明，那张被村里盖了章，乡政府盖了章的农村土地承包经营权赵世龙就是赵元象的老证明，我真一无所有了。"

虚惊一场的父亲，因为民法典认定这张老证明而赢回官司，拿回了本就是自己的房屋产权，他真正懂了祖父的用心，也觉得"一元复始，万象更新"真的挺好。而那个叫佟娃的人蓄谋多年想坑人，最后还是落了空。

◀ 最爱我的老男孩

我从龙旺山庄出来时，朝阳正好，便辞别龙旺想转道去看老徐。

龙旺追上来补了一句："你还是先打电话吧，你家老徐新买了一辆豪爵车，每到一处，沿路的花啊叶都带着风，你这时候去，他指不定兜哪了。"

拨老徐的电话，没人接。这个老徐，真还带着风跑，也不想想自己多大了。好一会，老徐的电话才给我回拨过来，他说："刚骑车呢，二丫，你来了吧？"

我说："来了，来了呢。"

老徐嗓门大了几分，但声音听起来很像这暮春的朝阳，温和而舒服，他说："二丫你等等我呀，我就回，就回的！"

"不急，还在龙旺这呢。"

电话那端的老徐却不高兴了，他说："你今天是答应我回来的，怎么先去龙旺那呢，我正在潘河收笱呢！"

编笱、放笱那是老徐早前的绝活。笱是老徐用篾编的，方方正正，比普通的竹篓稍长，稍方，笱口做一排内翻的小竹片，里面放着炒好的食诱，拌上酒，往湖近岸的浅水场或杂草边一放，鱼虾闻到香味，便一股脑儿钻入里，一进去，就出不来的。

可这个季节的潘河涨水，湖边又潮又滑，老徐这不是瞎闹嘛，再说现在的市集，什么样的鱼虾没得卖啊！

我也有些生气地问老徐："你这个时候放什么笱啊，要是万一磕着碰着了，想过我吗？"老徐应我："真磕着碰着了，我不找你。""不找我，那你找谁去？""找谁也不找你。""你都几十岁的人了，怎么说话做事像小孩玩似的？""我就是玩似的，你咋想咋的。"老徐话说完把电话挂了。

见老徐真生气，我决定去潘河找他。

堤坝上，停着一辆崭新的深红色男式三轮豪爵摩托车，一前一后两排小座，车把手和座扶手处，都缠着一圈圈的绿叶红花，难怪龙旺说老徐走过的路花和草都带风呢。

潘河边，远远看见老徐在拖笱。

长长的鱼笱，随老徐手里的绳子收动，在一点一点往岸上游，篾编的鱼笱，在水里长时间泡过之后，很沉。老徐曲着腰，连扯几下，鱼笱趴在浅水边不动。我紧走几步，想下河阶去帮忙。可老徐已经褪去了他的鞋袜，卷着裤腿，在我惊悚的目光中，一步一步走下了三月的潘河，他一手挽着绳头，一手拖着湿漉漉的鱼笱，踏着清冽冽的潘河水，一路水淋淋地上了岸。

看到小跑过来的我，老徐咧着嘴笑："我猜你还是会过来我这吃饭的，我有虾，龙旺那可没有。"

我盯着他被春水冻得通红的脚踝，从包掏出来湿纸巾想帮他擦，却被老徐拦着了。

他解开鱼筒，里面跳动着指头长短的爬虾，它们在筒里到处乱蹦，随后顺着老徐的手，进了旁边装着清水的木桶。老徐指了指桶里活蹦乱跳虾："瞧瞧，新鲜吧？鞋子一会穿可行的，爬虾死了，那就不新鲜，不好吃了。"

见我的眼睛直盯着他裸露的脚踝，老徐一怔："咋的？你不是说爬虾好吃嘛，怎么今儿看都懒得看这虾？那天我可是特意去后厨问了的，他们说，在潘河收的。那日正好是春分，今日，正好也是春分。"

"我什么时候说过爬虾好吃？"说真的，我是真不记得了。

"龙旺请客那次，就是谈山庄合作那回，桌上的爬虾，你尝了一口后哇哇大叫，说这虾真好吃，你还说，那是你吃过最好吃的虾呢！"

"天啊！那可是一年前的事了。"

"可不是嘛，一年了呢！我可一直记着的。"老徐得意地抖了抖他湿漉漉的裤脚，慢慢地坐在地上穿鞋。

去年，我和同学龙旺初次洽谈开发龙旺山庄，龙旺请我和老徐一起去吃饭，席间，老徐出去了一次，回来后，的确伏在我耳边说了句："明年我也给你做这虾。"我边和龙旺说着话，边随口应老徐："嗯，嗯嗯……"

我的父亲，我亲爱的父亲——老徐，他当了真。

◀ "最后一公里"

　　地处长三角边陲的板壁村，村如其名，土地板结，辽阔的富河水一到春天就泛涝，是省里出了名的特困村。除了穷，板壁村还有一处出名——这儿的村民爱上访。

　　大事小事爱往县里跑、省里跑、北京跑，仅因为贫困户的名额被取消，村民章康良一个月跑北京上访了两次。

　　胡燚过完五十岁的生日，部长找他谈话，想派他去板壁村任省纪委驻村扶贫工作队的队长，部长说："板壁村的防涝已完善，我们的扶贫工作到了'最后一公里'的攻坚阶段，你是军人出身，也是老党员，板壁村脱贫是一块非常难啃的硬骨头，希望你能攻下来！"

　　胡燚犹豫了一下，女儿即将高考，如果这个时候离开，孩子的情绪肯定会有波动，但看着部长一脸信任望着他，当场答应了。

　　胡燚先与女儿进行交流，在得到女儿的支持后，他收拾行装去了板壁村。

报到那天，村委会大门紧锁着，胡燊皱了皱眉。

根据资料上的信息，村委不远有家麻饼厂，村后有村办的枇杷园，胡燊决定先去枇杷园走走。

远见便是枇杷遍山的绿。绿的枇杷叶，绿的茅杂。才初夏，鼠茅钻满园子，让胡燊放脚的空间都没有。高的蒺藜抿挈着枝丫，枇杷树都被挤歪了腰。胡燊的眉头再次皱了皱。

麻饼厂的焙烤间倒是有人，库房里堆了不少包装好的麻饼，胡燊问了声负责人在哪，工人朝隔壁办公室呶呶嘴。隔着门，有麻将声音传来。

实地摸底的情况如此让胡燊意外。村民爱上访说到底还是穷，脱贫得有经济，基层干部大多时间都在摸麻将，这经济如何能上来？

胡燊当即把纪委、财政、审计等部门负责人请进了村，请他们协助将所有扶贫产业进行清理。随后他又找兄弟工作队取经，请专家帮忙，找投资商进驻，再以分红的形式，与村民签订了反哺协议。

协议签订后的第二年，村里的枇杷园因管理得当迎来丰收，枇杷酒厂的质与量随之上升，麻饼厂的月饼业务拓展到了省外。村民除了务工收入，还有分红，去北京上访的人立时少了。

胡燊刚松一口气，邻村一个叫吴康生的村民找上门，诉说他几千元生态公益补偿款没账，多次到镇里反映情况，都没能解决，希望省纪委来的胡燊能帮帮忙。

了解完情况后，胡长学去了镇里，镇书记保证："队长请放心，我一周之内解决！"

一周后。

吴康生却找上门骂胡燚："以为你是省纪委来的干部，会跟他们不一样，没想到你也是官官相护的人，这事你们省纪委不解决，我就去中纪委上访！"

吴康生那种要拼命的架势，吓得旁边的人直后退。胡燚被莫名其妙的责怪一通，心里也有些窝火，但看着吴康生满头大汗，他压着火气把吴康生请进办公室，给他倒上茶后说："天气热，先喝口茶降降温，再把情况讲讲！"

吴康生说："允诺我一周内补好的钱，没到账！"

胡燚再次去镇上。书记一脸吃惊："第二天我就把事情交代给了吴主任，后来查问过，吴主任答复已安排！"

找吴主任。吴主任很肯定地说："书记跟我讲后的第二天，我特意去了经办人小李的办公室，重点叮嘱过的。"

找小李。小李说："啊！怎么可能没到账。吴主任跟我讲后，孙会计休年假，我第二天还特意去了她家讲这事。"

找孙会计。孙会计说："小李跟我讲后，我第二天提前结束了年休，转款时发现账户有误，正准备找他说这事。"

吴康生的公益款退了。

这件事发生以后，胡燚突然有了想法，村民爱上访，除了穷，还因为与老百姓之间没有建立平等交流的空间，得让老百姓有个说话的地方。

一个大胆的想法钻进了他的脑里。

他特意腾出一间房，买来茶座、茶具，还有点心，在村干部一脸的困惑之中，挂上了"民情茶室"的牌子，然后在每个村口贴了告知单。此后胡燚上班，第一件事先把茶室打扫干净，烧好茶，摆好饼干瓜子，坐在茶座上等人。

章康良第四次从北京上访回来时，胡燚刚到板壁村来驻村，他得知情况后，劝说章康良申请扶贫产业贷，在村头的小山坡办了养鸡场。

因为疫情封城，章康良的养鸡场积压了很多鸡蛋，前期积压的拿来喂了猪，才刚脱贫又要返贫，他为此急得嘴角起火泡，正准备做完核酸检测又去北京上访，听闻胡燚开了间专管民情的茶室，就抱着试一试的心态来了。

胡燚在茶室接待完章康良后，去了鸡场，看到屋子里那些坏掉的鸡蛋，心当下一沉，连夜开车去了市里，从不求人的他，约了管监狱的战友，见了办工厂的亲戚，多方软磨硬泡，签下了章康良养鸡场三年的鸡蛋销路。

看着隔几天一趟运入城里的鸡蛋车，章康良一时感慨万分："要是以前能有这间民情茶室，我还用得着跑那么多趟北京吗？"

胡燚55岁那年。

板壁村在省里摘除了贫困村的名字，扛回了"全国文明村""全国乡村治理示范村"的牌子。而最让胡燚欣慰的是，女儿即将大学毕业，他也拿下了"最后一公里"的扶贫攻坚战。

守候一株鸢尾

161

◀ 深　情
·····················

　　我出生的鄂南地区，山高林密，各类野兽世代驻扎在深山之中，紧挨山边的庄稼跟着常遭罪，各村成立的护农小组中，年轻的父亲就是其中的一位铳手。《中华人民共和国枪支管理法》实施后，父亲的那杆双管猎枪被公安机关列入收缴之列，到父亲重新持证换上单管猎枪时，山下的庄稼人开始一茬茬往城里卷，山上的野兽下山无食可觅，也很少再来作孽，而父亲此时的年岁也大了。

　　庄稼少后，荒地多了，从前热闹的围猎随着护农小组成员一样相继老去。父亲平日里侍弄完屋檐外廊墙角的几丘菜地，余下来的时间，还是喜欢一个人挂着那支老式的单管猎枪上山转悠。只是年岁大后，从前健步扛在肩上的猎枪，如今经他挂在脚下，成了一支看起来很滑稽的拐棍。而他总是习惯说："转转吧，习惯了咱湖村的山，转转也好。"特别是雪落的冬季，父亲每隔两日，必定在清早进山一趟。

就是这样的一个冬季，父亲遇上了那个人。

那个人，父亲时常在我们湖村周边碰到。笼着雾罩泊着小筏的湖边，袅袅升腾着炊烟的早晨，更多的时候，父亲会在密匝匝被夕阳涂得金灿灿的林子里遇到他，那些橡树，榭树，青杉，松柏什么的，平日里庄户人家司空见惯的树们，在那个人眼里像似镀过金的宝贝。有时他弓着腰，有时会屈膝半蹲着地，伴随着那个人手中的玩意儿"咔嚓""咔嚓"的灯光闪过，有时还会哗啦啦一下跪在地下，样子庄严肃穆，像是要完成一件很重要的庆礼。再看那个人时，父亲就常常忍不住多瞅几眼，更多时会瞅他背上封得严严实实的洋玩意儿。

那年冬季的雪很大，母亲的阻止没能如愿，反而加速了父亲进山的频率——隔日一趟转成了一日一趟。

那天一大早父亲又挂他那杆老猎枪，鬼鬼祟祟地瞒着母亲从菜窖里拎出一条棉布小袋，踏着积雪穿过村口，走上了村后被雪落镶白过的南拢凹。那被大雪厚厚覆盖的山路上，一行脚印直通向镶白的树林子，一股啸冷的雪风在父亲错愕的神情里吹动树条子上缀满的冰挂。

顺着那行脚印，父亲很意外地在南拢凹岔路上碰到了那个人。他立在路边，像似等着什么，背裹里封得严严实实的洋玩意儿缀上了一层薄雪。迎着父亲错愕的目光，他对着父亲笑笑算是招呼，然后跟在父亲身后，也上了山。

父亲挂着猎枪的步子在前方停了下来，他紧了紧手中的棉布袋子，看着同时停下来的那个人，折返身向另一座山头走去。那个人在原地仅停了一下，也折转身子跟在父亲身后。

父亲再次停下来，看着那个人，拄着猎枪在雪地上不满地跺了跺，一动不动地立在雪地上望向那个人。那个人在父亲的目视下，后退了几步，复又走上前，父亲的猎枪再次在雪地上跺了跺，一动不动地望着他。那个人停在原地半晌，才背着包一步一回地绕向另一个山头。父亲站在雪地中，直瞭见那个人在林子里只剩下一个小黑点时，才折转身向南拢凹的深山走去。

父亲在晌午时拄着猎枪空手走进家门，棉布袋中装着几粒不知名的树木坚果，他边拍打着肩上的残雪，边絮絮叨叨地唠着那个人的不是，唠那个人扰了他的好事。母亲见此很不满地在一旁接口："就是没人惊扰你，你平素不也照样是空手回家的。"而父亲听罢，嘻嘻哈哈地笑了起来。对此，我们再一次把父亲所有的举动归罃于他老小孩的心理在作梗。

这件事不久我返城找到了新的工作，应新同事约，我陪他参加一个摄影大赛的颁奖会。

在获奖作品展厅中的一角，一幅叫《深情》的作品吸引了不少人的注意：雪地里半蹲半跪着一位老人，老人的模样慈眉善眼，在他的手伸向前方的地方，是一只灰色的野兔，看到老人，灰兔眼神像极了委屈的孩子，挣扎着向老人挪，一旁的雪地上，一只棉布小口袋散在雪地上，几只鲜红的萝卜露出袋口在雪地中格外醒目。远处一棵枫树，被积雪压弯的树丫下，隐隐有支陈旧的单管猎枪在雪风中飘。

◀ 最后的秧歌

　　正月十五闹花灯，鄂南人爱热闹，大多地方都兴耍龙灯，舞狮灯，唯独那湖村人，一代一代只对船灯情有独钟。

　　湖村船灯一般以竹篾或木条制成的船形，在船体上蒙画布，左右开一孔小圆窗，四周挂上小灯笼、小流苏之类；舱内和外四角装上彩灯，点蜡烛，由一名年轻力壮的男子，藏在船舱内，以安装的挎带肩扛起船身，不停地左右、前后摇摆，表演船在各种江河中航行的动作。船头船尾上各站一人，船头的扮丑角，叫艄公，持花桨摇船。船尾的扮艄婆，打着花扇边扭秧边唱灯歌。

　　离元宵节还有好几天，鄂南各村寨的花灯开始沿村耍灯拜年。湖村的船灯每到一地，得到的喜礼都会多过别村灯队。县里一年一度的元宵夜花灯大赛，湖村的船灯也是年年独占鳌头。所以每年湖村开灯会，大人和孩子一湾接一湾地跟着赶着看，花灯闹到哪里，他们就跟到哪里。更多的，他们是为了看湖村的艄婆，看那扮艄婆的姑娘水仙。

守候一株鸢尾

165

水仙姑娘扮艄婆，嗓音好，歌声亮，腰肢活。那小步一错，身段扭扭，扭得十里八村的老人齐叫好；扭得娃娃们笑翻天；扭得女人回到家跟学样；更扭得不少老少爷们心猿意马的心儿痒得慌。

随着一曲：正月哪个里来是新哪个春，家家呀户户戏花呀灯……的歌声中，船灯缓缓飘了过来，在一片鼓乐伴响中正式拉开帷幕，只看那扮艄婆的水仙摇着花纸扇，错着小步一路飘过来。那扮艄公的正权，头戴一顶破草帽，脚跋一双旧球鞋，满脸抹着东一块西一块的烟灰渍，手里拖着花桨左一划，右一摆地也跳进了场。水仙唱一句，他插科打诨的调侃立即就加了进来：啊哟，这是哪里来的妹子呀……不时地上撺下跳，手里的花桨拍拍敲敲，左一桨右一桨，跟着花灯调唱起来：看花是假意哦，依呀嘿，看妹是真情哪……两人的配合，直引得围观的人鼓掌喝彩连连，笑声在整个正月里回转。

脱了艄公衣的正权，洗净灰渍也是模样周正的俊后生，种地打庄稼，在湖村是一把好手。当年湖村人选水仙做艄婆挑大梁时，他就争着抢着要扮丑角做艄公。他们从冬月开始排演，到唱完正月十五元宵夜，双方都有了感觉。

水仙娘看着花一样的女儿经常悄悄往后门溜，忍不住抹眼泪跟几个要好的姐妹叹：闺女大了，事儿由不得娘做主！正权那孩子呢，好是好，只是可惜啊，精精壮壮的后生家，扮个艄公闹着玩了也就罢了，怎就骨儿里也跟着入进戏里像打丑的呢？话也就这么随口叹叹说说，却不知被谁添油加醋地传，变了味传到了正权娘的耳朵里。

那正权娘在湖村本是要强的狠角子，听罢，感觉自家孤儿寡母受了辱，就气愤地拎着菜刀菜板，站在湖村的公众晒谷坪上边剁边骂：自家屁股流脓血，咋还乐意给别人诊痔疮嘞？都说装旦的不嫌打丑的，自己大姑娘家家的，成日屁颠屁颠扭屁股唱出搭人，脊梁骨也不晓得几时给人戳穿了。这种货色，倒贴给我做媳妇，我还嫌亏呢……

水仙娘在屋里听到正权娘的当村骂街，越听越不是滋味，忍不住拍手打掌跟出来接口应骂。只是这一接不打紧，本来好好的两家人，当村一架大骂后，从此就断了来往。水仙在娘含泪的百般劝阻下去相了亲。嫁人后的水仙，从此远离了花灯。至于湖村的船灯，还是一年一年地在正月里沿河沿村耍灯拜年，艄婆的角子，湖村人挑上村里年轻漂亮会唱调的小媳妇来演，只是十里八村的人发现，湖村的艄婆小媳妇都只是唱唱，就唱唱，脚不开错，腰不扭摆。

再后来，湖村的小媳妇也不知咋回事，跟约好了一般，没人再愿意来接艄婆这个角子了。湖村人只得让俊秀的后生化着浓浓的彩妆尖着嗓子来演。只是那一上一下的喉结，在沿村一声又一声的叹息中打着颤音，直到村里来了一群陌生人。

那伙人的来到，在湖村掀起了一层巨波——湖村的船灯将列为国家级非物质文化遗产，并将代表去外地演出。

湖村腾了起来，这祖辈传下来的船灯，如果能被顺利列入非物质文化遗产，是湖村人祖祖辈辈的骄傲啊！可是，如今的船灯

守候一株鸢尾

167

还能去演出吗？艄婆角子一角稳全局，谁来演呢？十里湖村，论唱腔，比扭秧，还有谁能胜过水仙？可是水仙嫁了，水仙嫁时当村发誓——此生不做艄婆。

那一晚，水仙娘的院子里坐满了湖村人。那一晚，正权娘约了水仙娘，两人在潘河边坐了半宿。

水仙被娘召回了湖村。可水仙说：娘，我发过誓！水仙娘说：气话能作数？不作数！不作数！一屋子都附和。水仙仍是垂头不语，手指绞着衣襟，一下又一下。直到一个声音传来：大侄女，婶子我这样扮艄公和你一起演，你看，还中不？正权娘此时头戴正权的破草帽，脚趿正权权的旧球鞋，抹着东一块西一块的灰渍笑嘻嘻进了屋。一屋人面面相觑，水仙娘在一旁跟着扯水仙的衣角。

湖村再次热闹起来，在一片鼓乐声中，一个清亮亮的声音踩着小步又扭了起来。

◀ 夜 魅

潘河宽宽的，清冽冽地绕着湖村流淌。

我小时候，总感觉湖村日短夜特长，特别在没有星星没有月亮的夜，黑麻麻的静得人犯怵。我娘嫌闷，每吃过夜饭就喜欢串门，又烦带上我碎嘴碎舌的话稠，每去一家，叽叽喳喳地碎得没完，让娘特不长脸。再串门时，娘就把我拴在屋内，留那台马蹄牌收音机咿咿呀呀地陪着我。

五六岁时我对收音机特好奇，小小的黑黑的小匣子，又能唱又能说。所以在娘走后，我安静地抱着小匣子，听里面的人叽里呱啦讲话，咿呀咿呀唱曲。

再大一些，对收音机开始腻歪起来，娘一走，我也极想溜出去玩。到我晓得拔开门闩溜出来时，已经上小学一年级了。

又一个寂静的夜，我溜到潘河边闲荡，只有山林间行走的风伴着水响，心伴着脚步一路撵着萤火虫沿河疯跑，偶尔似听得有人喊我："区，小区……"真真切切。当我回头，空空的，不见人影，只有树叶裹着河风一阵阵乱吹。

早前听娘说，潘河里有淹水鬼。仅1979年的一次翻船，掉进潘河里就有十多人。所以娘常警告我不准夜间近潘河。娘说这些掉进水里的淹水鬼会夜里上岸寻替身。想到这，我感觉后背冷飕飕的。

想返回，才发现不知不觉绕到了潘河凹，只能远远望到湖村的灯。往回走还得绕好长一段山路。想喊，记得娘也说过，淹水鬼听到人喊，就会成群结队地拥上岸。我害怕极了。好在不远的地方有火光，有人守庄稼吗？我一喜。朝着火光跑，可跑了好久还近不到前，那些火光这一丛那一丛闪闪烁烁的四处跳。有时明明在我周围，到我靠近，火光又远了。我忘了娘的话，哇地大哭起来，边哭边喊着娘往回跑。

"区，小区……"我又听到声音喊我，真真切切，我不敢回头，脚在开始发软。"区，小区……"熟悉的喊声伴有水响——船桨击打着水花的声响。在潘河长大的我对这声音再熟悉不过。我终于停下来。

"小区，我是柏林大爷。"

"柏林大爷。"我如遇上救星，哭着快步爬上他的船。

柏林大爷是我们湖村人。因为跛腿捕鱼下田的重活做不得，就东拉西扯造了这条船，年复一年在潘河上摆渡，运人运货运庄稼，每来回一趟收五角钱。不赊不欠，想过河就给钱，不给，就甭想上他的船。为此我们一群孩子常背里跛子跛子的乱骂他。而现在我也顾不得了，能把我送到家，我保证明天开始，不再骂他跛子，并把这坐船的五角钱还给他。

"柏林大爷，明天我找娘要五角钱还你！"

"你娘给了，给过的。"

"我娘啥时候给你的？她知道我会坐你的船呀？"

"清了，都清了。谁也不欠谁的了！"

船离湖村越来越近，那些火还在忽远忽近地闪跳，而且跳得更欢。我指着那些火问："柏林大爷，这是啥火？咋这一点那一点地跳来跳去？"他一改刚才的絮絮叨叨，沉默了。河上只听得船桨哗啦哗啦地哒水的声音。

船靠岸，我辞了柏林大爷下船飞一般向家中冲。娘在门口看到我，把我搂在怀里边哭边骂："你个跑脚崽上哪里去了？吓得我四处找！"我不敢直答，扯着娘的衣襟乖乖地随娘进屋睡。

第二天一早，我找娘要五角钱还柏林大爷，她奇怪地看着我说："几时你还欠他船钱？"我低着头，脚尖在蹭着地上的泥嘟囔着硬要娘给。娘看着我好一会没有说话，突地她蹦出一句："甭要还了，你柏林大爷昨晚走了。"

"没走。昨晚柏林大爷还送我回了家！"

"你说啥？"娘蹲在地问我。

"昨晚我去了潘河凹，是柏林大爷渡船送我回的家。对了，娘，昨晚潘河边有好多夜火，那是啥火？我撑都撑不上。"

娘脸色煞白，哆嗦着嘴扯着我就往神婆"三相公"家跑。

路上，娘颤声说："那是'鬼'火，给你柏林大爷送行的'鬼'火。他昨晚走后，殓衣还是我和你春婆几个帮忙穿的……"

◀ 橘子熟了

⋯⋯⋯⋯⋯⋯⋯⋯⋯⋯

湖村不大,山连着山,连绵逶迤,延到村子边沿陡地平缓下来,孤零零地伏卧着一个很大的湖,湖边靠南的坡地上,长着麦河家的两亩桔子林。

每到秋日,麦河家的橘子地里挂满了果,一个个翠绿的橘子,沉沉的,把枝条一条条压得都翻卷过来,一阵风吹过,大老远都能闻到一股橘子的清香,眼馋得一村的娃儿,口水在喉咙一上一下地滋滋直打转,但也只能光干瞧着谗,跛子麦河一入秋就会在桔子林外搭棚守,哪个也近不得。

要说偷,法子也不是没有,潜水渡过湖去,悄悄爬上坡边的橘子林中,能管饱。可家中的大人硬是不让,理由ABCD的无数条。偶然一次冒险且幸运地潜过湖去偷了吃,给大人们闻到了嘴里的橘子味,定免不得挨上一顿"竹笋炒肉"。

但椿子不怕,椿子的爹娘走得早,跟着奶奶芸婆一起过。芸婆眼睛不济,鼻子也不灵,瞧不仔细,当然也闻不出啥味来。

大多时候，村里的孩子刚靠近桔子林边的湖，脚刚刚趟上水，对面的麦河，就像幽灵一样一瘸一瘸地拐了过来，手里的拐棍在地上噼啪点个不停，嘴里连珠炮般咋呼起来：猴崽儿，干啥嘞？想干啥的嘞？吓得孩子们赶紧作鸟兽散，灰溜溜回了家。

椿子聪明，她会选在中午麦河打盹时偷偷潜水过湖，当麦河一阵接一阵的鼾声奏起时，椿子捂着撑得圆嘟嘟的小肚子溜出桔子林，然后在麦河的鼾声中，捂着兜里的几个桔子，直接从坡地上溜回家。芸婆眼睛不好，鼻子也不灵，那桔子看不见闻不着。但芸婆眯着眼睛吃橘子的样子，让椿子感觉自己一下子就长大了。

有时椿子看着麦河倒在窝棚边的睡样——一大一小两条腿支在棚子上，那条萎缩的左腿瘦瘦小小，像极了一根细细的竹棍。椿子听奶奶说，麦河这腿，是小时候患小儿麻痹症时落下的，因为这腿，麦河一直说不上媳妇。有时椿子也很不忍，可是对橘子的诱惑，她太难抗拒。她在心中很多次地埋怨麦河怎就那么贪睡的嘞？甚至有时候，她很希望麦河会突然醒来，对着她咋咋呼呼地大吼一通，那么，她一定不敢再踏入林子，不敢再来偷橘子，更不敢捎橘子带给奶奶。可麦河偏偏就那么贪睡，鼾声一阵接一阵地奏乐似的。

椿子想到这里的时候，手会常常不知不觉动起来。

她学麦河的样子，轻轻地把沉下来的橘枝用竹竿支起来，麦河的腿不好，她瞧见过麦河搭支架时摔倒过；她悄悄地把林子里的杂草拔干净，麦河的腿不好，杂草这么高，要是有人像她一样也悄悄钻来橘子林，麦河一定很难发现；她又轻轻地把林边的沟壑用小石头细心地铺起来，麦河的腿不好，这样的路，一定很容易摔跤……

中秋转眼就到了，按湖村的习俗，八月十五烘大饼。

椿子一大早起床帮芸婆揉了面，和了糖丝橘皮子，撒了脆芝麻粒，在灶上开始烘起中秋饼。烤好饼，芸婆眯着眼左挑右挑了老半天，又让椿子帮忙找一摞看相好的，打包捆好，招呼椿子给麦河家送去。椿子不语，磨磨蹭蹭了老半天就是没出门，芸婆就生气地嚷了起来：椿子你怎的不晓事嘞？你麦河叔一年到头跛着脚侍弄那片橘子林不容易呢，可他老记得让你送橘子给咱婆孙俩，咱该去谢谢人家。咱家这俩芝麻饼子，不值几个钱，你怎还不舍得嘞？

椿子红着脸接过芝麻饼，转身走向门，却一头撞中了一瘸一拐走进来的麦河。麦河手中的袋子滚落，橘子散满椿子家的小院上，椿子怔怔地望麦河，一脸不解。

椿子，干啥嘞？帮叔捡啊，今年收成好，卖了不少钱哩，这余下的，叔就不卖了，给你这个小园丁发个管理奖哩。

椿子听罢，垂下了头，小脸红到了耳根，突地，她"哇"的一声，大哭了起来。

◀ 父亲和他的猎狗

父亲年轻时是位铳手，铳手都离不开猎狗。

白眼是我家的一条猎狗。

秋收时节，父亲在乡邻的左一声嘱咐，左一阵叮咛中，一大清早就带干粮扛着他自制的土铳，穿过村头的青石板路走向密密的山林。白眼像一位要出征的先锋，仰着头，抖擞着它眼睛四周的那团白毛，铃铛在白毛下响起一串叮当声。当夕阳的余照在青石板中逐渐隐去，父亲宽口平底的布鞋已在石板路上留下一串踢踢踏踏的脚步声。这个时候，他的铳杆上总少不了挂上些野兔、山鸡什么的，间或还有花狸啊野狍子等……白眼撒开腿忽前忽后，绕着父亲打着圈圈跑，引得邻人一路艳羡的目光撵着父亲转。

暑期里，花生在地头长得正欢，得叔苦着脸来找父亲，说他南拢坳的花生遭了殃，请父亲帮忙走上一遭。父亲二话没说，翌日提着土铳带着白眼上山。

白眼兀是奇怪，以往父亲只要提上土铳，它就会迫不及待地立在门牙边摇尾待命。这次它伏在地上动也不动，看父亲"白眼""白眼"地喊得急，就蹭在父亲脚边，呜呜地轻撕着他的腿裤。父亲很是不解，以为白眼病了，忙放下土铳把白眼前前后后翻了个遭，后轻拍它的头笑骂道："好你只好吃懒做的白眼狗！"一旋身手一挥，白眼只得呜呜叫着不情不愿跟上前。

然而午后不到，父亲就光着上身，一路哑着声音直嚎叫着闯入村中卫生站。白眼眼睛四周的白毛给血染红了，哆嗦着身子在父亲怀中不停颤抖。在白眼的伤口缝好后听父亲说：得叔的地里藏匿着野猪。中了父亲一枪后的野猪没有立即倒地，它舞着獠牙扑向父亲，白眼一见，汪汪大叫着跳上前来撕咬营救。野猪只得又转身迎战白眼，白眼灵活的身体忽左忽右，忽上忽下，引那受伤的野猪渗出一地的血。红了眼的野猪再次反身扑来咬父亲，白眼急速扑上前，它的身体正好抵上了野猪的獠牙，父亲急速装好火药扳响了第二枪。而野猪倒地的时刻，白眼的一条小肠子也从腹腔流了下来。

从那以后，白眼在父亲眼里，真正成了家庭一员。

村里除三害，毒昏的老鼠到处乱窜，父亲很怕伤口刚好的白眼管闲事，就用一条小链子拴住它。白眼被拴着的那些日子，一见我就呜呜叫，我知道它一定是想我放了它。见父亲不在家，我偷偷松开白眼的铁链子，白眼一跃身对着我摇尾巴，又直舔着我的手，随后撒腿往外溜了去。

然而白眼还是禁不住抓吃毒鼠的诱惑，当天中毒了。

看着白眼嘴角冒白沫，父亲紧紧地把白眼搂在胸前，把碗中的药直往白眼流着白泡沫的嘴边送，白眼阵阵剧烈的抽搐晃翻了父亲手里的碗，无神的眼直勾勾望向父亲，大颗大颗的泪水从眼眶里溢出，滴在父亲手背。父亲父亲流着泪哑着嗓子朝娘高喊：帮忙倒药啊，快！接过娘倒好药，试图再次撬开白眼的嘴时，白眼已经直条条僵在地上。

"谁让你放了白眼？"他一抬手，我的脸上挨了重重一记耳光。娘冲过来护着我，不满地对着父亲狠狠剜了一眼，拉着我走入内房。

得叔循声走了进来，看着已经僵死在地上的白眼，很殷勤地说由他来帮着父亲处理白眼。父亲摇头不语，在我的哇哇大哭声中，提起锄头，抱着白眼向河坝边的斜坡走去。直到天透黑也不见进得家来。

得叔半夜来传信说：父亲还坐在坝边的斜坡上抽纸烟。

第二天，娘见父亲没回，也去河坝边瞄过几次。得叔也不时地去斜坡，他送去的饭，父亲原封未动。

第三天，娘坐不住了，折下院里的柳条子，扯着我的手赶向坝边。父亲坐在白眼坟头，低着头，吧嗒吧嗒地吸着纸烟，时看了看天，硬是不睬我们。娘说："狗是吃了毒鼠药死的，伢子你打也打了，自个的儿子，难不真就要他偿命不成？"

父亲又看了看天，后又看了看坡下大汗淋漓地垒草垛的得叔，对娘直吼吼："回去，你个苕婆娘！"

娘气得急，一把拉过我，对着白眼坟头，当着父亲的面举起柳条就对我抽。父亲急冲上前一把抱着我，让娘抢到半空的柳条狠狠地落在自己身上。娘一见，一把扔了柳条，坐在地上号哭起来。

日头在天空闹得更欢，直把白眼坟头上的土烤得焦白焦白。得叔走上斜坡，不甘地叹着气绕着坟头走了一圈又一圈，才下了坡。

"去年，得哥把河边的死狗给捡回烤的事，你还记得不？"父亲红着眼问娘，又抬头看看天，站起身一手扶起娘，一手抱着我，"咱也走吧！"

◀ 两只狍子

早上，邻屋的水得来时，他又一次借故跟女人吵完，女人在内屋啜泣着拾掇她的衣服要走。

水得来找他进山围猎。水得说："屋洼山上的花生地大片的遭罪，咱得跑一趟。"他悄悄瞅了眼内屋，女人把衣服一件件叠在箱子，又一件件挂回衣橱，反反复复。他挪了挪脚，想跟女人说两句，想了想，还是取下挂在墙上的土铳，背上工具包跟水得进了山。

屋洼山离湖村大约五里山路，绕过几道梁就到了。这块坡地一向以盛产花生而得名。他们一行走进这块眼馋过不少人的花生地时，花生刚开过黄花，靠近山边的整大片被拱起来，花生苞翻落一地，不少蔓藤上的白苞才不过比黄豆粒儿稍大些。地上还有不少撒落的苞粒，那些被啃落的苞粒经太阳一晒，萎缩着乱糟糟一地。

看到这，他叹了口气，自家的红薯地比这块地好不了多少！

这以后长长的冬季该怎么过？冬季过后呢？这些日子，他一直为这事烦恼着。

沿着被踩踏过的花生地转了几圈后，一行人分头沿着散乱的足印悄悄往深山寻去。

他跟的那行足印在一块崖壁前消失。翻过崖壁，他四下察看，在崖壁前一段带坡的林路上蹲下来，拿出随身的工具包，取下牛叶刀，轻轻地在土路上挖好地坑，拿出带有铁钩的绳套，掰开铁夹板，系好消息扣，埋在地坑中。又牵出套子另一头的线绳，掩上一层细细的土粒后，系在旁近的树丫上，做完这些，他横折下枝条做记号，才悄悄向崖壁另一条路攀去。

晌午时，吆喝声在东侧山头响了起来——湖村围猎，只看到猎物才有吆喝声。

随之西、南两山头的吆喝声也响了起来，他悄无声息地往崖壁边退，隐进了他埋套不远的树丛——几个山头的吆喝声同时在响，猎物开始往他所在的方向围撺。

"噼"一声沉闷的响声过后，一连串的惨叫在坡路落套的树杈上响起，枝乱叶动阵阵作响，他迅速从树丛里站起来，往坡上小跑——一只扁头的野狍被套绳系着后腿倒吊在树杈上。让他意外的是，旁边的还有一只狍子，它正在用头上的尖角一下又一下地挑那条系着扁头狍腿上的绳索，看到他，倒挂在树上的扁头狍尖叫起来，尖角狍停下来，向一侧的树丛跑。

他取出背上的牛叶刀，走向那只倒挂着的扁头狍。刀还未触到狍身，后背突地被重重地击了一下，他倒在地上。转头，看到那只尖角狍正作势又向他冲来。他忙忍痛侧身翻滚，顺势抓起跌落在地的牛叶刀。

倒挂的扁头狍又发出尖叫，挣扎着向他这边撞来，他大惊。一声沉闷的枪响过后，尖角狍向一侧的树丛跑开。水得提着冒了白烟的土铳从树丛中钻出来。树上的扁头狍，血淋淋的——树丫上的套绳上，奄挂着半条淌着血的狍腿。

花生地的主家欣喜不已，早早备好了夜饭，水得提议再加一碗狍子肉。他揉搓着受伤的腰，狠狠地拔出牛叶刀，同来围猎的铳手们也帮忙架上狍子。

开膛时，他的手停了下来——这是一只怀了胎的母狍。

一旁帮手的水得看他停在那儿，凑近过来看："怀有崽？难怪那只公狍会扑伤你。"

他的心一悸，扔了手中的牛叶刀，在主家连连招呼和挽留中，借口腰伤，拎起那杆土铳向门外走去。

他一瘸一瘸地上了屋洼山。

花生地，还是乱糟糟的一片。坡路上，那只扁头母狍早前留下枝枝叶叶和一地的血迹不见了踪迹，坡路边杂乱的树枝树叶不知几时竟垒成了小堆。

他坐在坡路上，拔开小堆，血迹一下全露出来。他想起那只哀叫离开的尖角公狍，是它垒起来的吗？要不是扁头母狍不惜折断后腿撞上，倒下的，该是那只尖角公狍吧？

他的鼻子有点酸，眼睛开始潮起来。手一下一下地挖坡边的泥土，把一地的血迹深埋进土中。

借着林中最后一丝光线，他摸索着攀向崖壁，下午在崖边看到这棵红红的酸枣树时，心里就动了——那个早上收拾衣服要走，也曾撂过很多次狠话不再跟他在这块与野兽争食的地方受罪的女人，刚刚怀上了他的孩子。

◀ 泛黄的粽叶

搬家那天，妻整理书架时问，是你的课本吗？捧着那熟悉的语文课本，摸着粘在书页中那枚已泛黄的粽叶。我的鼻子阵阵发酸。

那年端午，我八岁。恰逢祖母七十寿诞。母亲把家中本不多的口粮拿去换了些糯米，又步行几里路到集上买来红豆和糖，最后拎着柴刀，上竹园砍下一把粽叶，洗净，泡在清水中。母亲说，要包粽子。祖母裹过的小脚踩在矮凳子上帮着搓麻绳，我更是跟着母亲屁股后忙上蹿下。那年月，能饱饱地吃餐好饭，是件让人很快活的事儿！至于甜糯米粽子，我还真的没有见过呢。

母亲把沁好的米与红豆拌在一起，然后把纸包的砂糖掺了进去，和匀。拿起粽叶和麻绳一摺一绑就忙碌起来。看我老是舔着那裹过糖的纸包，母亲笑骂我，小馋鬼，还不去写作业。

我怕母亲，所以她的话我最听。

在小屋里我竖起耳朵，听母亲在厨房窸窸窣窣地包着粽子，

守候一株鸢尾

偶尔地，还有祖母细细的搓麻绳声夹杂着她一两声咳嗽。那次的作业，我做得格外艰辛。

随着煤炉盖子啪的一声响，白气冒了开来，一阵滋滋的水声后，一股清新的粽叶香也钻进了我的鼻子。紧接着是糯米的饭香，夹杂着红豆的黏稠香，阵阵诱人的香气直袭。我大口吸着气，一次又一次揉动着鼻头，手中的笔很是不听话，落了又落。

再次踮起脚尖向窗外望时。祖母在厨房对着我笑，接着又向我招手，我如开河的鱼儿，一下就梭了过去。

母亲看到我，捂着篦笼说，妈，得给您过寿的呢。

我用力吞着口水，喉头上下颤动，眼睛死死盯着母亲那捂住篦笼的手。

呵，我想尝尝嘛。祖母话刚落，母亲赶忙弹开了手，取出一只粽子递了过来。

咦，说了你不信哪！祖母解绳松线那会儿，我的眼珠子就没错开过！

祖母嘘着气，剥开滚烫的粽叶递给我时，母亲却不依了，欲要抢来还给祖母。我又一次狠命地咽了咽口水，在祖母的微笑中，一把接过粽子就往外跑，边哈着热气，边直往嘴里塞。那个香啊，直沁喉咙！可那个烫啊，我慌不迭地吐了出来，来不及抬手接过，粽子就地滚入了阴沟。

那个下午，我看什么都像篦笼，那绿色的粽子更是不停地在脑门飞舞。祖母的咳嗽一阵阵从她卧房传来，那些日子祖母咳得频，母亲很是忧心，做好粽子她就上卫生所取药去了。我的喉头在祖母的咳嗽声中，一次一次涌动，脚再也忍不住，向厨房挪了去。

篦笼中的粽子被我消灭得差不多时，母亲的脚步在门外响起，我忙不迭地抓起吃过的粽叶就向裤兜里藏，口中嚼着粽肉向自己的小屋奔得贼快。怕母亲进得房来，最后一片粽叶，就匆匆夹进了语文课本。

翌日，祖母寿诞。母亲看着篦笼中孤零零的几个粽子，愣了。

祖母说：半夜饿，我给吃了。

母亲自是不信。她看了看我，手抬了起来。我死死低着头，脚尖在地面使劲地搓着挪着，恨不得搓出一条缝来。

母亲叹了口气。举在半空的手又垂了下来，摸着我的头，一下，又一下……

◀ 母亲的烫卷发

从我年少的记忆开始，母亲一直是一头短短的烫卷发。

听村里人讲，母亲初嫁来我们湖村的时候，蓄着两条长长的大辫子，油亮亮的垂在胸前，煞是好看。那时我太小，并不能理解母亲出自什么原因，舍得把蓄了二十几年的长辫子剪去，并又坚持了那么多年。

不过我知道一点，那是绝对和父亲相关的。

我的父亲是个头脑灵活、重情重义的猎手。但那只是他的副业。70年代末开始，父亲承包了村里的贩运。我们鄂南地区山高林密，楠竹树木是主要经济来源，父亲就负责把湖村一带的树啊竹啊运往邻近的武汉、江西等工地或家具厂。偶尔，他也把村里收集上来的，一种叫黄花梨的根茎运往北京、河北那一带，听说那些树根可以加工雕成椅子或是茶几，在大城市很受欢迎，而且价格很贵。

父亲再次要跑北京时，他提出让鲜少出门的母亲随车去北京长长见识，母亲当时的兴奋是难以言喻，她不停地问我的父亲，呃，你说，北京的女人穿什么样的？父亲说，这样的夏天多半是裙子。母亲又问，呃，你说，北京的女人头发会弄什么样的？父亲说，大多人喜欢烫个卷发什么的。母亲接着追问，呃，你说，那又是什么样的烫卷发？父亲笑着挠了挠头发说，就是那种，那种……反正很时髦的烫卷发呗。

见父亲也说不出所以然，母亲轻轻哦了一声之后，就没有再说话。只是多年以后，父亲常常打趣说，在他们要去北京的前夜，你的母亲整晚地不睡，坐在镜子前，把她那头大辫子绑了又解，拆了又绑。

母亲随父亲把货车上的黄花梨根茎运到指定的家具厂后，专门让父亲陪她在北京转了一圈，随后也不知是谁的主意，母亲走进了北京一家小胡同的小理发铺里，把一头大辫子换成了近肩的烫卷发。

当他们回到村里的时候，母亲扭扭捏捏地跟在父亲的身后，在湖村人的哇哇哇注视中，羞涩地走进了家门。

连着几天，我家的院子里来了一拨又一拨的湖村女人，她们摸着这80年代初湖村的第一头卷发，叽叽喳喳，说羡慕、赞美话的都有，更多的女人在询问价格，蠢蠢欲动。只有我的祖母，踮着她的小脚，一个劲地在院子里走来走去，不时地叹息数落：好什么好？败家媳妇儿！好好的辫子剪了，顶着一头麻雀窝叫个什么事？嫌家里的鸡窝箩不够多？

只是几天后，我家的院子陡地安静下来，一个让人匪夷所思的传闻到了母亲耳边——父亲是贪了公家的钱，让母亲烧包（湖村骂人的话）。

父亲很气愤，拿出他经手的所有票据，立即请辞以后贩运的差使，并拉上村会计，要求上北京对清账目。

母亲更是难过，她把自己关在屋子里，坐在镜前，拼命撕扯着自己的卷发。在一缕缕血丝渗出的时候，我那个直骂母亲是顶着一头麻雀窝的败家媳妇儿的祖母，踮着她的小脚走进来，说：哭什么哭？顶个用？身正怕么事影子歪喽！

母亲当时止住了哭，问我的祖母：娘，你不怪我？

祖母说：怪你顶什么用？不过，你烫卷发其实也蛮好看的，只是还长了些，看起来真的像个麻雀窝，钱花得不值啊。母亲擦了泪水，扑哧一下子就笑了起来。

祖母接着叹口气说：都是那伙男将不长脸，就是想堵着不给自家婆娘烫卷发，但也不能这样编排别人的不是啊！

让人意外的是，母亲在第二天一大早去了省城。在武汉最好的一家理发铺里，她又剪短了头发，烫了个很卷很俏的花形回了湖村。傍晚的时候，她高顶着一头烫卷发，挺着腰在湖村的青石路面上来来回回转了好几趟。直到如今，母亲的两鬓花白，但她的头发仍然固执地卷着。

而父亲，在村干部的再三劝说下，又继续到处贩运湖村的树竹。

多年后，说不清的原因，成年后的我一直是一头短短的烫卷发。但有一点我想申辩：这和我们湖村风靡烫卷发没有关系，一点也没有！

◀ 守候一株鸢尾

这是一座旧式的院落，青砖灰瓦，靠南的墙角布满了青苔，黄的绿的一直蔓延至墙根，破落的院门随风吱嘎作响，风卷起地上的叶片打着旋儿满院飞扬。

她倚在门牙边，怔怔地望着对面的篱笆院墙，那儿曾经蔓延着一大片鸢尾花海，鲜亮的紫色如火焰般蔓延，所有的线条热烈地扭曲着，每一朵花都似探向天堂的手掌，一阵阵浓烈的气息，可以轻易将任何一个路过篱笆院墙的人拍晕。

可惜那只是曾经！

那时男人很年轻，虽说不上伟岸，有点瘦，但是身板儿结实，细小的眼睛眯着笑，闪着亮亮的光，一天到晚围着她转。她说，鸢尾真好看，瞧那花瓣，像极了鸢的尾巴，他笑得更欢，眼睛贼亮贼亮地望着她。

到了春天，院子里似变戏法般开满了花。

一场病后，男人变了，暴虐的吼声响遍每个角落，院子也荒了，如同她的心，都长满了草。

屋里的男人此时又咳了起来，夹着含糊不清的骂声："又死哪去了？"

她皱皱眉，叹了口气，返身走进屋内。男人的咳嗽似拉风箱响起，佝偻的脊梁陷在被里筛糠般地喘，他那干瘪的脑门上稀稀的几缕头发在动，紫黑的脸皱成一团仍不忘记开口咒骂。见她站在床前，他拉扯着她的手："不耐烦侍候我了？想走是不是？走啊……我让你走！"又掳着她欲伸过来扶他的手，指甲狠狠地陷进她的手臂中，一阵阵剧烈的咳嗽在耳边响起。

她含着泪，下意识地抿紧嘴唇，手臂的刺痛钻心地袭来。曾经，她的手臂无数次被他拥在怀中，而今所有的温存早已尽数褪去，残存下的仅是一道道狰狞的血痕。想到此，她再次抿紧双唇，紧紧地，唇边的血痂又一次裂开，一缕血丝沁了出来。

男人停了咳嗽，终于松开了她。

她倚在篱笆边，每次哭过之后，她都习惯待在这儿。低头，脚下的篱笆缝隙中透出一缕绿色：一株鸢尾弱弱地牵拉着藤蔓，一如现在的她，虽还年轻，却已是面容灰暗，头发干涩，眼睛无神。她叹了口气，轻轻移出藤蔓，随手拔去周边的青苔，培了些土，小心地把它偎在篱笆墙边。

一场连绵的春雨浸湿了整个小院，泥泞的篱笆墙边，她在雨后意外地发现那株藤蔓居然活了下来，而且越发旺盛！在周围的绿色杂草中显得格外醒目。她盯着藤蔓，久久过后，心突然一动，转身从屋内找来了锄头。

破旧的院落经她整理，小院顿时宽泛了许多，那些枯败的叶儿，新长的嫩草被她拢在院外。院内那丛绿色的藤蔓立时带来了一院的春意。她大汗淋漓地除去外衣，又动手修补那早已残缺的篱笆，抬头时，发现男人此刻站在窗前，安静地望着她。

她一笑，对着男人无意识地一笑。男人一怔，望着她，目光掠过她裸露的手臂，停住了。她望着自己手臂上卧着蛇一样突兀的疤痕，慌忙拾起地上的外衣赶紧罩住。再抬头时，她发现男人的眼里波光闪动。

男人开始变得安静，不咳时，静静地坐在院中，看她在院中忙忙碌碌地走动，有时会走上前，轻轻擦去她脸颊淌下的细汗。而她，在男人静静地注视下忙忙碌碌地培土，忙忙碌碌地移栽，紫的花，绿的叶……

她记得，男人曾为她种过一院鸢尾。

男人咳嗽的时候，脸还会被憋成紫黑色。此时，她会轻轻地拍着男人的后背，然后取了汤匙，男人孩子般，任她将汤汁一勺勺喂进嘴里。她不忙时，也会安静地坐在男人身边，看着男人，看着小院，静静地。

春日的小院中，有一株鸢尾在绽放。

◀ 初 恋

小沁，我去东莞先等你!

和所有老得掉了牙的电视剧一样，妈妈无意中看到这张被安瑞塞在我窗台的小纸条后，狠狠地给了我一记耳光。我捂着火辣辣的脸，又听到她扯着嘶哑了的声音在吼，你小小年龄不学好，难不成真想去菜市场卖猪肉？

安瑞是巷口卖猪肉钟叔家的小儿子，大我一岁，和我从小学到高中一直是同学。但后来安瑞突然因为打架而退学，在一家摩托车维修店当了学徒工。白天他和师傅在店里学修摩托车，晚上与几个师兄一起帮人组装摩托车。

安瑞总会在晚上九点左右组装好他的第一台摩托车，然后他以试车为借口，一溜烟儿把摩托车骑出大街，九点半准时出现在第一高中的侧门口。

九点四十分下的晚自修，同学们还在忙着收拾课本时，我已悄悄地溜出教室，然后躲过老师同学的视线，轻轻地绕过操场走向学校的侧门，找到侧门口那只一直向右方闪跳的转向灯，我捂着嘴巴走近倚在摩托车上的安瑞时，他对我扮过怪脸后帮我戴好头盔。尔后又会变戏法般地拿出苹果橘子，或是一些小点心。坐上摩托车后，听晚风一路扑哧扑哧地在耳边掠过，安瑞的上衣随风呼哧呼哧地吹起，我轻轻地拉着安瑞那被风卷起的衣边，任他带我环城转悠。边吃边彼此诉说着一天的趣事，有时安瑞故意在前头大喊，风大听不见耶。我赶忙咽下口中的食物，一次又一次地在风中大声重复着刚才说过的话，直到听他在前边吃吃怪笑，才明白被耍，忙不迭地对他又捶又捏，安瑞则不停地讨好求饶。等吃完手中的食物，安瑞的车轮也差不多悄悄地滑到了我们所住的小泉巷。他会把车停在巷口正中，让前大灯一直照到黑暗的巷子深处，看着我装模作样地打着手电筒进入家门后，他又轻轻地滑动车轮子骑向不远处的摩托车城。

巷子里的路灯因久坏无人接管，半夜时又发生了一起抢劫案。安瑞再送我的时候，被刚好在巷口等我回家的妈妈逮了个正着。安瑞说，试车时看到了路上走的小沁，就顺道载了她一程。妈妈半信半疑地看了看安瑞，但从此的晚自修，再忙她都会守在学校门口等我。从此我也只能在周末陪妈妈买菜的时候，匆匆路过维修店时偷偷地瞄一眼安瑞，抿着嘴看着满手机油的安瑞对我做鬼脸。

而到发现那张纸条后，妈妈就像影子一样到处都跟着我。我一赌气偷偷去了东莞。然而东莞不是我们的小泉巷，我怎么也找不到安瑞那张带笑的脸。

之后很多年，我回过老家很多次，可我从来没有再见过安瑞。钟叔的猪肉档早已搬离了小巷，也不知去了哪里。

一次我无意中在街头碰到高中时传达室的李叔，他说，我辍学后他接到过我好几封来自东莞的信。因为一直无人认领，他又不知我家的地址在哪，只得又退了回去。断断续续地我又听人说，安瑞在东莞一家铝合金厂做了很多年的业务员，安瑞在东莞的业绩一直都很突出，安瑞后来在东莞娶了一位私企老板的独生女儿；安瑞不知怎么回事又沾上了毒品……

再后来，巷口的老人说，安瑞不在了。安瑞其实是个很懂事的孩子，安瑞在世时个人出资修好了巷子里的那条路，那路两排雪亮的路灯照得夜如白昼。而记忆似枚青涩的酸果，我的心已被那两排路灯照得一片潮湿。多年前的晚自修回家，如果没有安瑞，我遭遇的一定不只是抢包和扯衣服；如果后来的安瑞不是为了讨说法找上去与对方打群架，成绩优秀的他一定不会被学校开除；那么，安瑞一定还有另外的人生……

在一家大排档，我哭泣着对男友（现在的老公）说到这里时，他静静地听着，举杯对着西方久久，倒酒入地后他说，安瑞，谢谢你帮我照顾着小沁。

◀ 桃花巷七号

常在周末，女人在小市场口徘徊半天后，才走进市场那家唯一的生鲜档。

从打鳞、剖鱼，到挖肠、划背、灌洗，阿宝的每一个动作似注入了音符，一条鱼在他手中旋转翻飞，忽左忽右就跳起了舞来。付钱，找钱，然后阿宝目送着女人的背影慢慢地在视线里消失……

女人挺着大肚子再来时，阿宝终于开口问了句，快生了吧？她开口笑，是啊，都九个多月了呢。末了，她又说，孩子他爸喜欢吃我煲的鲫鱼汤。说这句话的时候，她笑容满面，可阿宝却感到如鲠在喉。

长久的一段时间消失后，女人再来时，她喜滋滋地抱着一个初生的男婴。阿宝打鳞，剖鱼，到划背、挖肠，反反复复地灌洗了很多次才把鱼递给女人，在女人付钱时候，阿宝那带着淡淡的鱼腥味的手推开了女人柔软的手，结结巴巴了半天后说，鲫鱼汤下奶，权当是我送的贺礼吧。女人脸一红，对阿宝轻轻一笑，走了。

守候一株鸢尾

此后每个黄昏，每次阿宝都会挑一条最肥的鲫鱼，然后仔细剖好洗净，他对女人说，天冷了，你回家后就不用重新再洗。听得女人的眼睛就蒙上了一层薄雾。

又一段长长的日子消失后，女人再来时，形容枯槁，双眼红肿，怀中的婴孩也不见了踪迹。阿宝立即就想到了产后抑郁症这个词，在池中抓鱼的时候，心倏地就狠狠地痛了一下。女人在付钱的时候，连同一张卷着的纸片递了过来——纸片上写着地址。

桃花巷七号，一间逼仄的出租屋。女人呆滞地坐在窗前，阿宝立在门牙边，看着屋内沉默不言的女人，进退不是。半晌后，他讷讷地走进后间的小厨房，放下他带来的鲫鱼，放油，切姜，落火，煎鱼，细火熬煮，他时不时地望向坐在窗前呆若木鸡的女人。

浓白的鲫鱼汤，溢着香味被端上来后，女人抽动着鼻子喝过一口，放下碗扑在阿宝的怀中，随后哇的一声哭了起来。她说，从前他每次来我这，我都会精心准备一锅鲫鱼汤等着，两年啊！我却不懂鲫鱼汤也可以这么香甜。

阿宝拥着女人，鼻子酸酸的。

女人的头埋在阿宝怀中，带着鱼香的唇就轻轻地凑了上来。阿宝嗅着女人身上淡淡的清香，战栗的手摩挲着女人曲线丰满的身体，在逼仄的出租屋床上，如截冬日里枯死的木头，在雪地上陡然开出了一朵又一朵娇媚的花。

从这一夜起，女人不再去阿宝的生鲜档买鲫鱼。倒是阿宝会常提上一尾鲜活的肥嫩鲫鱼来看她。然后仔细剖好，洗净，装进专门煲鱼的棉线袋里，用细火煨一锅浓香爽滑的汤给她喝，有时他还别出心裁地加入红枣桂圆，他说这样的鲫鱼汤不但清甜，而且对产妇的调理是最有帮助的。

只是她很少对阿宝提及那刚出生的孩子，更不说孩子去了哪里。阿宝也从来没有开口询问。

其实阿宝一早知道那男人已有妻室，只是那财源茂盛的男人，妻子却无生育能力。而女人自以为离开了阿宝，跟上那男人就能吃香喝辣，生了孩子就能永远站稳脚跟做阔太太。直到为那男人生过孩子坐完月子，那男人偷偷抱走了她生下的男婴，从此杳无音信之后，女人才如梦初醒：她失去的不只是梦，还有她十月怀胎的孩儿。

只是女人不知道，那个男人曾经也找过和她青梅竹马的阿宝。

但更多的时候，阿宝来桃花巷七号，真的只是想看看女人，亲手为她煨一锅浓浓的鲫鱼汤。因为从前女人说过，她最喜欢鲫鱼汤。现在，他只希望，在一碗碗浓浓的鱼汤里，能赎回他等了多年的爱，还有深深的愧疚——那个男人，曾以阿宝的名字买下一套装修考究的房子。

◀ 天　灯
·················

我奶奶跟我讲过这么一个故事。

1942 年 5 月，日军进驻湖村，想利用湖村的山资源，开采矿石。为首的大佐叫山本次郎，手辣心狠。但凡通往矿区的村庄，烧杀抢掳，一时尸横遍地，天暗乌啼，甚至有的村落成了无人区。

湖村的共产党员赵树理秘密发动当地农民，靠十几支猎枪和几杆老汉阳步枪，很快创建了抗日游击队。

在通往矿区的陈村，李庄，赵树理经过缜密侦察，在茅弯一带悄悄设下了埋伏，依靠檑木滚石，设坑挖道，在山本派兵入袭茅弯时，一举端掉了他的五十多人的小分队，并缴获了大量枪支弹药。湖村的抗日武装迅速壮大。

随着伏击战一次次的胜利，山本一时损兵折将，连番数次向上请求支援，更不惜重金，遍设阴谋，欲除赵树理而快之。

由于叛徒告密，赵树理被捕了。山本为了震慑抗日分子，重兵押着赵树理绕湖村游行三圈，又在矿区设下水牢，四处发散消息，要将赵树理点天灯，以示惩罚。

抗联人员几次设法营救，都以失败告终。

行刑之日，赵树理被重兵押往刑场，周围百姓一片哭声，不少抗联人员混在人群中，伺机动手营救。赵树理单薄的身子站在冷冽的寒风中，仰着头，面带微笑，他一改昔日的浑厚的男中音，哑着声对众人说：不要轻举妄动！一个我死了，很多的赵树理会站起来的！驱走鬼子，还我湖村安宁，我死则瞑目！

山本气得哇哇大叫，狰狞着脸，歇斯底里狂喊：支那人，大大地烧死这支那人！四个鬼子应声上前，按住赵树理，一个鬼子拿起剃刀，揪住赵树理的头发，狂笑着剃下赵树理的顶发，在他的囟门骨上剔开一个小洞，倒上桐油，放入灯芯，然后点火，赵树理挺直身子，圆瞪怒目，直至活活烧死。

赵树理死后不久，毗邻湖村的崇县又起了一支抗日武装，矿路连连遭袭，山本外派的小分队常常无缘无故消失，矿区周围，其打伏击战的手法，与赵树理如出一辙，为此山本非常困惑。

他派人掘开了赵树理的坟，撬开棺材，扒开已高度腐烂的尸身，挑出头颅，当拨开囟门时看到那个拳头大的早被烟火熏成黑色的天洞还在时，更加惶惑。

因为矿区接二连三遭破坏，山本不得不撤出了湖村，而崇县抗日武装的为首者是谁，如鲠在喉，成了山本的一块心病。

1945 年日本降退，临返日本前山本去了赵树理坟。远远地，他看到有个人影在坟前晃。竟是赵树理！他正在整理坟上的杂草，往昔墓碑已经换成——抗日英雄孙骁之墓。

山本惊得连连往后跑：鬼！有鬼！

你站住！你灭绝人性的狼狗，也有怕鬼的时候！一个浑厚的男中音响起。

这个的，孙骁是谁？你的，又是谁？

赵树理冷冷地看着山本，不再说话，细细拔坟头的草，细细地给坟茔培土，一下一下压实、压严。

山本近乎疯狂再次指了指墓碑：你的，他，到底是谁？

我们都是中国人！赵树理抬头怒视山本。

山本的脸再次扭曲着，看着大踏步从面前走过的赵树理，声音慢慢低了：我不甘，不甘！他的，到底是谁？

那么，你记着了。赵树理停下。孙骁是湖村小学的国文老师，一位手无缚鸡之力的书生，只因为长相九分似我，不是他，故意把自己弄得遍体鳞伤，买通看守的伪军，在点灯夜前悄悄潜去水牢，换下同样一身是伤的我……

山本惊得张大嘴巴，难以置信地看着远去的赵树理。

赵树理去修孙骁墓时，意外发现了山本，他跪在烈士碑前，囟门骨被剔了一个拳头大的洞，周围已被烟熏成黑色。更让赵树理百思不解的是，他遍查都难觅凶手！